꽃으로 맞아도 아프다

꽃으로 맞아도 아프다

초판 1쇄 인쇄일 2021년 12월 1일
초판 1쇄 발행일 2021년 12월 7일

지은이 박노옥
펴낸이 양옥매
디자인 표지혜 송다희

펴낸곳 도서출판 책과나무
출판등록 제2012-000376
주소 서울특별시 마포구 방울내로 79 이노빌딩 302호
대표전화 02.372.1537   팩스 02.372.1538
이메일 booknamu2007@naver.com
홈페이지 www.booknamu.com
ISBN 979-11-6752-074-6 (03800)

등애거사 방랑기 2

꽃으로 맞아도 아프다

박노옥 지음

책과나무

머리글

이 글이 세상에 나오기까지
여러 번의 망설임이 있었던 것은,
졸필을 읽을 분들에 대한 부끄러움과 두려움이었을까.

하지만 무식하면 용감(?)하다는 핑계 아닌 핑계가
그 부끄러움과 두려움을 극복했다면 옹색한 변이 되려나.

거기에 어린 손녀 '가빈'이의 이야기를
글로 남겼다가 훗날에도 이를 읽어 보면서
행복해지고 싶어지는 할아버지의 욕심이
책을 내는 데 큰 용기를 주었던 것 같다.

그저 주저리주저리 늘어놓은 이야기들이지만,
읽으시는 분들이 작은 공감이라도 해 주시고
소이부답(笑而不答), 글에 대한 평가보다는
슬며시 웃어 주신다면 하는 바람이다.

지난 몇 십 년 인생은,
지난 한 해보다도 짧고 기억조차 까마득한데….

가을이 가는 건지 겨울이 오고 있는 것인지
어느 사이에 올해도 어김없이 빨리도 지나간다.

곧 눈도 오고…
그러다 또 꽃이 피겠지.

격려의 글

친구가 또 한 권의 책을 세상에 내놓는다 하니…
나는 그럴 줄 알았네.

『등애거사 방랑기』를 출간한 지 벌써 몇 해.
곧 후속 글이 나오겠지 기다린 지가 꽤 되었지만
결국에는 또 한 권의 책을 낼 것이라 알고 있었네.

우리는 어릴 적과 현재를 공유하고 있는,
그 많은 세월을 같이 보내고 또 보내야 할 벗이니
그만큼 서로를 잘 알고 있었다고 해야 할까.

세월은 흰머리를 늘어 가게 하고 있지만
살아온 이야기도 그만큼 쌓여 가겠지.
그걸 글로써 엮어 가는 친구의 열의에 격려를 보내네.

책에 대한 평가는 읽는 분들의 몫이고
친구의 글을 접할 수 있다는 것만으로도 우린 뿌듯하다네.

하루빨리 친구의 책을 읽고
한잔 술을 함께 마시며 행복해지고 싶으이.

그대의 벗
임천(林川) 송문회

차
례

2부

세월은
흘러도

3부

**신중년
풍속도**

4부

가빈이
이야기

1 · 백수의 일상

뛰는 놈 위에
나는 년이라

게으르면서도 귀찮은 것도 싫어하는 천성에 몇 시간씩 도로에 있어야 하는 것도 짜증이 나서 올해 구정은 고향에 내려가는 걸 포기했다. 거기에는 이제는 찾아뵐 어머니가 돌아가셔서 안 계시다는 핑계(?)도 있었다.

구정 전날. 아내가 삶은 시래기를 한가득 담은 커다란 양푼을 TV를 보고 있는 내 앞에 내놓으시며 엄명을 하신다. 시래기를 한 가닥씩 껍질을 벗기란다. 나는 시래기도 껍질을 벗겨야 하는 줄 몰랐다. 아내는 시래기가 질기니 껍질을 벗겨야 한단다.

그런데 이게 바나나 껍질 벗기듯이 그냥 수월하게 벗겨지는 게 아니었다. 잘 벗겨지지도 않을 뿐 아니라 조심스럽게 벗겨 내다 보면 얇은 막 같은 껍질이 중간에 끊어지곤 한다.

철푸덕이 앉아서 그런 시래기 껍질을 한 가닥씩 벗기다 보니 양이 줄

어드는 것 같지도 않고 은근히 꾀가 난다. 아내 모르게 친구에게 문자를 날렸다. '나한테 전화해라.' 하고….

곧바로 내 핸드폰이 울리고 친구의 목소리가 들린다.

"무슨 일이냐?"

나는 그 소리엔 대꾸도 안 하고 혼자 떠들었다. 아내가 들릴 수 있도록 큰 소리로….

"그래, 어디라고? 알았어. 내가 지금 그곳으로 나갈게."

시래기 담은 양푼을 밀어 놓고,

"친구들이 모여 있다고, 빨리 나오라고 성화들이네. 잠깐 나갔다 올게."

"아이구! 그것도 일이라구. 그걸 하기 싫어서 별 핑계를 대요."

하며 투덜거리는 아내에게

"이 사람아. 친구들이 나오라고 전화 온 거 당신도 들었잖아. 다녀와서 내가 다 벗겨 놓을게."

하고는 아주 급한 것처럼 외투를 걸치면서 집에서 탈출했다.

친구들을 당구장으로 불러냈다. 당구 삼매경에 빠져든 지 두어 시간이 지났을까. 아내에게서 전화가 왔다. 서울에 살고 있는 손녀딸 집에 올라오신 장모님께서 우리 집에 들렀다 가신다는 전갈이었다.

그러지 않아도 고향에 내려가지 않아 시간이 많으니 구정에는 장모님이 계신 여주 처남댁에 다녀오자는 아내의 언질도 있던 차에, 오늘 뵙게 되면 내일 찾아뵙지 않아도 되겠다는 얄팍한 생각이 퍼뜩 들었다.

'옳다구나! 잘되었다.'

　　　　　　　　　　꽃으로 맞아도 아프다

급히 집으로 들어왔다. 시래기는 아내가 다 벗겨 놓았는지 시래기 담은 양푼이 보이질 않았다.

그런데 집에 들어온 지 한 시간여가 지나도, 장모님이 오시질 않는다.

"장모님이 언제 오신데?"

하는 내 물음에 아내가 뒤도 돌아보지 않고 그런다.

"모르겠네. 궁금하면 전화해 봐."

목마른 놈이 샘 판다고 내가 전화를 드렸다.

"어머니, 어디세요?"

장모님이 그러신다.

"여기 여주일세."

"서울에 안 올라오셨어요?"

하는 내 물음에

"내일이 구정인데, 구정이나 지나고 올라가야지. 병원에도 가야 되고….."

당황스런 나는 이런저런 이야기를 횡설수설하고는 내일 찾아뵙겠다고 하고 전화를 끊었다. 내가 현 상황을 파악하는 데는 1초도 걸리지 않았다.

'당했구나….'

아내는 주방에서 등을 보인 채 아무런 말이 없다. 아마 웃음을 참느라고 욕깨나 보고 있을 게다.

멋적어진 내가 그랬다.

"아까 그 시래기 이리 줘. 내가 껍질 까(?) 줄게."

웃음 때문에 답을 못 했는지 한참 만에 아내가 대답했다.

"내가 다 벗겨 놓았어. 당신, 친구들에게 안 가 봐?"

뛰는 놈 위에 나는 분이라…. TV를 보면서 아무리 궁리해 봐도 아내를 골탕 먹일 묘안이 떠오르질 않는다.

'이런 돌대가리 같으니라구….'

저녁 반찬으로 나온, 시래기를 넣어 붕어찜처럼 조리한 조기찜은, 가히 '밥도둑'이라 할 만했다.

아내는 바보다

얼마 전 아침 식사 때이다. 식탁에 앉았는데 아내가 어제저녁에 먹었던 오징엇국을 퍼서 아들에게 먼저 준다. 아들이 얼른 그 국을 들어서 내 밥그릇 옆에 놓는다. 아내가 이번에는 나에게 국을 주려다 내 앞에 국이 있는 걸 보고는 나에게 주려던 국을 아들에게 준다.

그냥 무심히 밥을 먹다 보니 내 국에 오징어가 너무 뻑뻑하니 많이 들어 있다. 그 국에 숟가락을 꽂으면 오징어에 걸려서 숟가락이 그대로 서 있을 것 같다.

아들의 국그릇을 보았더니 오징어는 별로 없고 무만 잔뜩 들어 있어서 마치 뭇국 같다. 나는 바로 눈치를 챘다.

'오호라… 그거구나!'

아내는 애초에 아들에게 국을 먼저 주었는데 아들이 그 국을 나에게 먼저 줌으로 해서 그 국그릇이 바뀌어서 아들의 국이 내게로 오고 내 국이 아들에게로 갔구나.

내가 한 말씀 했다.

"우리 집은 사랑의 깊이가 국에 들어 있는 오징어의 양(量)에 비례하는구나."

아들은 내 말이 무슨 말인지 몰라 어리둥절해한다.

도둑이 제 발 저리다고 아내가 궁색하게 그런다.

"쟤가 어제 술을 많이 마셔서 속이 안 좋을 것 같아서…."

나중에 전후 사정을 짐작한 아들이 킥킥대면서

"오징엇국 끓일 날에는 전날에 말씀을 해 주세요. 그날은 제가 술 안 마실게요."

하고 말한다.

국에 들어 있는 오징어 양을 내가 눈치 못 챌 줄 아는 아내는 바보다.

오늘 아침에는,

"애 밥 먹을 때 같이 드시지요."

아내가 자고 있는 나를 향해서 하는 말이다. 아들이 출근하려고 밥상에 앉은 모양이고 밥상을 두 번 차리기 귀찮으니 아들 먹을 때 같이 먹으라는 소리이다.

아내의 수고를 덜어 주는 의미에서 대강 손만 씻고 식탁에 앉았다(사실은 지금 먹지 않으면 내가 차려 먹어야 할 것 같아서이다).

밥을 먹고 있는데 아내가 계란 프라이를 해서 따로 접시에 담아 아들과 내 앞에 각자 놓는다.

밥을 먹으면서 아들의 계란 프라이 접시를 보니 계란 프라이가 두 개

꽃으로 맞아도 아프다

이고 내 접시에는 한 개이다(내가 일부러 확인 하려고 한 건 정말 아니다).

어라, 이것 봐라? 모른 척해야 하는데 바로 한마디가 튀어나왔다.

"뭐여? 왜 나는 프라이가 하나여?"

밥그릇에 반찬 몇 가지를 얹어서 소파에 앉아서 TV를 보며 대충 식사를 하고 있던 아내가 아무렇지도 않게 말한다.

"계란이 3개밖에 없었어."

아들이 얼른 내 접시에 계란 프라이 하나를 얹어 준다.

"저, 계란 프라이 별로 좋아하지 않아요."

아, 옛날이여! 나도 젊어서 잘나갈 때는 아내에게 늘 1등이었는데…. 이제 속절없이 2등으로 밀렸구나.

잘되었다. 아내가 나에게 늘 지대한 애정(?)과 관심을 갖고 귀찮게(?) 하면 얼마나 피곤하겠나? 정말 관심받고 싶지 않은데 그 얼마나 잘된 일이냐? 다 아들 덕이다.

계란 프라이 3개면 세 식구가 하나씩 먹으면 될 텐데…. 초등학생도 할 수 있는 그런 계산을 못하는, 아내는 바보다.

최참판댁 배설기

2015년 가을 중반. 밤에는 슬며시 밤바람이 차가운 구례 골짜기.

친구의 처갓집 사랑방에 군불을 지피고 궁둥이 따끈히 데워 오는 구들목에서 고향 부여의 남녀 친구 4명이 무쇠솥에 토종닭을 삶아 놓고 밤새 막걸리를 퍼 마셨다.

다음 날 화개장터를 들러서 〈토지〉의 촬영 세트장인 하동의 '최참판댁'을 찾아 나섰다.

구례의 산골짜기 밤 달빛과 이름 모를 새소리 때문이었을까? 아니면 내 고향 사랑채의 소여물을 쑤며 군불 지피던 그 시절로 돌아간 듯한 추억 때문이었을까….

주책없이, 대책 없이 들이켠 막걸리 탓인지 화개 장터를 지나면서부터 속이 거북한 것을 지나 뒤틀리기 시작했다. 심히 급하다.

꽃으로 맞아도 아프다

촬영장 평사리의 입구에 들어서 차에서 내리자마자 아무것도 볼 것도 없이 옛집들 사이의 언덕배기를 헐떡거리며 올라가면서 아무리 주위를 살펴도 화장실은 보이질 않는다.

멀리 마을 꼭대기쯤에 번듯한 기와집이 눈에 들어왔다.

'옳다. 저곳이 최참판댁이구나! 저곳에는 화장실이 있겠지.'

괄약근을 조이며 허위대면서 기와집에 도달했다. 그러나 어디에도 화장실은 보이질 않는다. 아니, 이 집은 '최참판댁'이 아니라 '김진사집'이었다.

아! 어쩔 것이냐? 얼굴이 벌게진 채로 다시 내려오는데 '최참판댁'이란 표지가 보인다. 정신없이 최참판댁을 찾았다.

최참판댁 대문 앞에 가자 관람객 한 명이 최참판댁에서 나온다. 화장실을 물었더니 오른쪽 돌계단 쪽을 가리킨다. 대답할 겨를도 없이 두 계단씩 돌계단을 뛰어올랐다.

아! 없었다…. 그곳에도 화장실은 없었다. 하늘이 노래지는 게 이제는 정말 참을 수 없다.

주위를 두리번거려 보니 어디선가 두런거리는 사람들의 목소리만 들릴 뿐, 사람들은 보이질 않는다. 옆을 보니 돌담이 보이고, 돌담 안쪽이 대나무 밭이다.

이제는 이것저것 생각할 여유도 없다. 돌담을 훌쩍 뛰어넘어 대나무 숲으로 들어가자마자 동시에 겟말을 까 내렸다. 1초의 여유도 없이 '큰일'이 이루어졌다. 지옥에 갔다가 천당으로 올라온 기분이 여기에 비할까?

금시 여유로워지자 마무리 지을 휴지가 없다. 호주머니를 뒤져 보니 손수건이 나온다. 친구의 애인이 3만 원을 주고 샀다면서 선물한 손수건이다.

사람들이 다가오는 소리가 들렸다. 급히 손수건으로 마무리를 지었다.

어슬렁거리고 최참판댁으로 내려오자, 친구들이 한걱정을 하며 기다리고 있다. 이제는 느긋한 마음으로 최참판댁 대문을 들어섰다.

어라! 거기에 있었다. 들어선 대문의 오른쪽에 소 외양간 옆에… 해우소가 있었다. 나에게 화장실을 잘못 가르쳐 준 놈이 너무 괘씸한 생각에 앞서 피식 허탈한 웃음이 나온다.

어쨌든 그 후는 여유롭게 관람에 들어갔다. 최참판댁의 위치가 배산임수(背山臨水)로, 뒤에는 산을 두고 앞에는 섬진강 물줄기를 끼고 평야가 보이는데, 대문은 오른쪽에 있었던 것 같다. 아마 풍수지리에 따른 것이 아닌가 싶다.

세월이 많이 지났지만 잊히지 않는 기억이다.

내가 영역 표시한 하동의 평사리…. 그곳에 남겨진 3만 원짜리 손수건.

시방은 아마 비바람에 거름이 되었을까?

　　　　　　　　　　　　　　　　　　꽃으로 맞아도 아프다

청원

인도 영화 〈청원〉을 보았다.

최고의 마술사인 주인공 '이튼 마스카레나스'는 공연 도중에 불의의 사고로 전신마비가 된 환자이다.

이튼은 감방 아닌 감방인 대저택에서 14년의 세월을 보낸다. 목 위로만 의식이 살아 있는 그은 라디오 DJ로 인기를 얻고 생활을 하지만, 본인의 하루하루는 죽을 만큼 큰 고통의 연속이다.

이튼은 변호사인 친구를 통하여 법원에 '안락사'를 청원한다. 하지만 법원에서는 이를 기각하고…. 이에 이튼은 자신의 안락사에 대한 대중의 지지를 얻기 위해 라디오 청취자의 찬반투표를 유도하는 한편, 항소를 하고 직접 법정에 나가 자신을 변호하기로 한다.

휠체어에 몸을 싣고 법원을 향해 집을 나서는 이튼에게 신부가 찾아온다. 다음은 이튼과 신부의 대화이다.

신부 : 신이 주신 생명을 가지고 장난을 하면 안 됩니다. 그런 심각한 문제를 투표로 결정하신다니요?

이튼 : 그 장난을 신은 해도 되고 인간은 하면 안 되는가 보죠? 투표로 하면 안 됩니까? 그럼 SNS로 할까요?

신부 : 종교는 안락사를 허용하지 않아요.

이튼 : 그래서 교회에 가는 것이 아니라 법원에 가는 겁니다.

신부 : 믿음을 가지면 이루어집니다. 길은 있어요.

이튼 : 저, 신앙심 깊습니다. 지금 그 길을 찾아 문밖으로 나서는 겁니다. 안락사로 하루빨리 신을 만나려는 겁니다.

그러면서 이튼은 신부에게 휠체어를 밀어 주기를 부탁한다. 휠체어를 밀고 문 밖으로 나온 신부는 다시 한 번 이튼에게 말한다.

신부 : 지금 큰 죄를 지으시려는 겁니다.

이튼 : 신부님은 지금 이미 큰 죄를 지으셨습니다. 지금 안락사 청원을 하러 가는 제 휠체어를 밀고 오셨지 않습니까?

죽음보다 더 심한 고통 속에 살면서도 생명의 존엄을 유지해야 하는가, 아니면 고통 속에서도 어쩔 수 없이 생명을 유지해야 하는 당사자의 안락사를 받아들여야 하는가 하는 무거운 문제를, 인도 영화 특유의 음악과 조크로 침울하지 않게 전개한 좋은 영화였다.

신이 주신 생명의 존엄이 우선일까, 인간의 삶의 존엄이 우선일까? 어쩌면 그 해답은 없는지도 모르겠다. 그저 그런 선택을 하지 않아도 될 지금의 나 자신을 감사히 생각한다. 신에게든 나 자신에게든….

꽃으로 맞아도 아프다

내 관상이야 확실하지,
뭐

영화 〈관상〉을 보았다. 사람의 운명이 얼굴(관상)에서 나타난다는 말은 맞는 말이다. 하지만 관상도 처해진 시대와 환경을 어쩌지 못하는 건 아닐까….

영화의 말미에 관상가 내경(송강호)은 자신을 찾아온 한명회에게 독백한다.

"사람의 얼굴만 보았지. 파도만 본 격이지. 시시각각 변하는 바람을 보아야 하는데…. 파도를 만드는 건 바람인데 말이요."

내경은 어찌 비참한 말로의 제 관상은 보지 못하였을까. 그것도 파도를 만드는 바람 때문이었을까?

고향에서 일찍 상경하여 청량리 일대에서 소문난 역술관상가로서 많은 돈을 벌었다는 소문이 자자한 분을 20여 년 전에 어느 잔치에서 만나

뵈었다.

그분은 내 할머니의 친정 조카딸과 결혼하였으니 나에게는 아저씨가 되는 분이시다. 어렸을 때 뵙고 그때 처음 뵙는 자리인데 그 아저씨가 내게 그러신다.

"참으로 부자가 될 상이다."

덕담(?)으로 하시는 말씀이시겠지만 기분이 나쁘지는 않았다.

그 후 20여 년이 지났지만 나는 부자가 되지 못했다. 그분도 내경처럼 파도(관상)만 본 것이지 파도를 만드는 바람은 못 본 것인가? 아니면 아직 때가 이르지 않은 것인가?

그렇지, 아직 때가 이르지 않았음인 것일 게야.

언젠가 다시 그 아저씨를 만난 자리에서 그 아저씨가 그러셨다.

"어렸을 적에 내가 고향에서 지게를 벗어 놓고 소꼴을 베고 있는데, 지나가시던 자네 선친께서 이러시는 걸세. '네가 촌에서 썩을 얼굴이 아니다. 하루라도 빨리 대처(大處)로 나가라. 우물쭈물 하다가는 지게 작대기 귀신에게 발목을 잡힌다.'고…. 그래서 아차 하는 마음에 무작정 상경하였는데…. 따지고 보면 자네 선친이 관상을 잘 보신 것이지."

아! 그랬구나….

그러나 촌 양반이신 돌아가신 내 아버님이 관상을 보셨다는 얘기를 들은 적이 없으니, 관상을 잘 보신 것은 아닐 게다. 아마 아버님은 파도에 미치는 바람의 역할을 해 주셨을 뿐이 아닐까?

나는 누구에게 관상을 보아 달란 적은 없지만 내 관상은 내가 안다.

꽃으로 맞아도 아프다

"언니는 좋겠네. 형부의 코가 커서….”

내 관상이야, 바로 확실한 이거지. 나도 알고 알 만한 사람들은 다 아는 거지, 뭐….

P.S. 누가 물어보진 않았지만, 영화 〈관상〉을 보고 내 관상을 보니.

두 번, 거기까지

홍어 삼합에 소주잔을 앞에 놓고 녀석이 자못 심각하다.

"형님, 그게 뭐 컨디션이 안 좋아서 그러려니 했어요. 그런데 우연히 그게 끄떡도 않는다는 걸 알았어요."

녀석의 사연인즉 이랬다. 평소 바쁘고 사업상 신경 쓸 일도 많고 하여 섹스 쪽은 신경도 안 쓰고 잊고 살았더란다.

그런데 어느 날 거래처 손님들을 접대하고, 접대 마무리차 호텔에 갈 걸 예상하고 그전에 만반의 준비를 하여 비아그라도 먹고 술도 절제를 하였는데, 막상 호텔 룸에 들어가 거사를 치르려는데 그게 요지부동이 더란다.

얼마나 쪽이 팔리는지 새벽에 그냥 나오는데 자신이 그렇게 처량하고 한심하더란다.

'젊은 놈이 엄살떨기는….'

꽃으로 맞아도 아프다

하고 속으로 혀를 찼지만(녀석은 57살의 피 끓는 청춘이다) 겉으로는 진지하게 말해 주었다.

"스트레스를 너무 받으면 일시적으로 그럴 수 있다더라."

녀석은 여전히 심각하다.

"아녀요, 형님. 이게 보통 문제가 아니다 생각되어서 친한 선배의 소개로 병원에 갔어요. 의사가 이것저것 검사를 하더니 남성 호르몬이 고갈 상태라는 거여요. 그래서 주사를 몇 번 맞고 처방으로 약을 먹고 했는데 50만 원이 들었어요."

이제는 내가 궁금해진다.

"그래서 효과가 있었냐?"

"효과? 효과 있었지요. 마누라가 올라왔는데(녀석의 아내는 지방에 산다) 올 때마다 한 번씩 두 번 했지요. 그걸로 끝입니다. 지금도 마이동풍 요지부동입니다."

"두 번에 약발이 떨어졌단 말이지? 그게 심리적인 게 주 원인이라더라. 좋아지겠지…."

녀석은 심각한데 나는 위로하는 척하며 괜히 재미지다.

그거 두 번 하는데 50만 원이면 한 번에 25만 원이라…. 한 번에 10만 원씩 이 형에게 술을 사면 5번을 사는데, 아깝다.

그렇다고, '네가 그럴 돈으로 내게 5번 술을 사라. 그러면 내가 너 대신 5번 그 일을 해 줄 테니.' 그럴 수도 없고….

녀석을 아무리 뜯어보아도, 건장한 체격에 혈색도 좋고 힘도 남아돌 것 같은데, 그 방면에 영 힘을 못 쓴다니…. 그 일은 타고나야 되나 보다. 하긴 요즘 3, 40대 젊은 애들도 밤이 두렵다고 한다더만….

그건 그렇고, 이 친구가 애인을 구하고 있는데, 이 친구와 사귀고 싶은 여성분 있으면 연락 바랍니다. 참고로 이 친구가 돈은 좀 있습니다.

꽃으로 맞아도 아프다

뻥쟁이
- 쟁이가 이 정도는 되어야지

"옛날에는 손님들 머리 손질 중에, 손님 머리 위로 파리가 날아다니면 조발하던 그 가위를 사용하여 가위질 한 번에 그 파리의 몸뚱이를 싹뚝 양분시켜 버렸는데, 요즈음은 헛손질만 합니다."

이발을 하는 중에 내 머리 위에 날아다니는 파리를 쫓으면서 이발사가 하는 말이다.

이 양반이 나를 쳐다보지도 않고, 웃지도 않으면서 뻥을 쳐 댄다. 60대 중반의 이발사 양반이 40여 년을 이발을 하다 보니 가위질이 가히 신기에 가깝다는 자랑질이 도를 넘어선 것이다. 맞장구를 쳐 주며 슬며시 비꼰다.

"그러시겠지요. 정말 무림의 숨은 고수이십니다. 내가 아는 이발사 한 분은 가위질 한 번에 파리 두 마리를 한 번에 반토막 내 버리더라구요. 제가 봤어요. 강호에는 사장님보다 숨은 고수들이 많습니다."

이 양반에게 내가 쓴 『등애거사 방랑기』 책을 한 권 드렸더니 그 후로 내가 이발을 하러 가면, 작가 선생님 오셨다며 같이 예술을 하는 입장(?)이라서인지 아주 반가워한다.

자기는 수십 년 경력의 헤어 디자인을 하는 예술가이며 '쟁이'임을 늘 강조한다. 이 양반이 내 머리털을 자르는 데는 3분이 걸리지 않는다. 대충대충 건성건성 잘라 낸다. 자르면서 하는 멘트는 늘 똑같다.

"이런 약간 곱슬머리 스타일을 가지런히 이쁘게 자르려고 하면, 그건 예술을 모르는 초짜 이발사이거나 미용사들이 하는 짓이다. 진정한 헤어 디자이너는, 멋을 알아야 된다."

는 것이다. 그냥 긴 머리는 약간 살려 주면서 지저분한 끝머리만 슬쩍 손질하는데 사실 나도 내심 만족하다. 이발이 끝나고 나면 나도 늘 똑같은 멘트를 하고 이발소를 나선다.

"그렇지요. 짧은 머리보다는 긴 머리털이 예술스럽지요. 인생은 짧고 예술은 길다잖아요. 긴 것은 똑같지요."

오늘은 나도 '쟁이'로서 뻥 한번 쳤다.

"제가 수십 년 붓글씨를 썼습니다. 그러다 보니 잘 쓰지는 못하지만 제 나름 도를 깨우쳤지요. 사람들 안 보는 데서는… 종이에 구름 운(雲) 자 한 자(字)를 써서 공중에 날리면, 그 종이가 구름이 되고, 저는 그 구름을 타고 이동합니다. 손오공이 타고 다니던 근두운(筋斗雲)이지요."

이 양반이 킥킥대는 소리가 들렸지만, 나도 '쟁이'답게 뒤 돌아보지도 않았고 웃지도 않았다.

꽃으로 맞아도 아프다

식당 개 3년이면 라면을 끓인다는데….

가위질 40년에 가위로 파리를 두 동강 내는 거나, 붓질 수십 년에 구름 하나 만들어 내는 거야, 뭐. 진정한 '쟁이'는 그 정도는 되어야지.

그런데, 누가 봤냐고…. 봤냐고…!

잡아먹히는 줄 알았다

앞으로 카페의 모임에 나갈 때는 신중을 기해야겠다. 자칫하면, 성추행을 당할 수도 있으니….

엊그제 카페 모임. 4차는 이것저것 가릴 것 없이 술을 마실 수 있는 곳이라서 뛰어 들어갔다. 날씨가 엄청 추워서 길가에 서성댈 여유가 전혀 없었기 때문이다. 술집 이름은 잊었지만, 일본식 주점이었던 것 같고 젊은이 들이 북적대는 매우 소란스런 분위기였다.

어쨌든 긴 나무 의자에 궁둥이를 내려놓았는데, 뒷좌석과의 거리가 너무 가까워 자칫 뒷사람과 등이 맞닿을까 봐서 몹시 조심스런 좌석이었다. 뒤를 보니, 내 뒤에 여자가 앉아 있고 그 옆에 또래의 남자가 여자와 거의 붙어 앉아 있다.

분위기는 산만하고 시끄러워서 내가 선호하는 분위기는 아니었지만,

꽃으로 맞아도 아프다

지금 그냥 일어서서 나가면 함께 자리하고 있는 여인들이 추운 날씨와 늦은 시간임을 이유로 그냥 귀가하자고 할 것 같아서 인내심을 발휘하여 눌러앉아 있었다.

그리고 무엇보다도, 동석해 있는 카페의 닉인 '이웃남님'이 발 빠르고 손 빠르게 술값을 계산할 것 같았기 때문에….

그러다, 도저히 대화하며 마실 수 있는 분위기가 아니어서 그만 나가자고 일어설 때였다. 뒤에서 누군가가 내 궁둥이를 슬슬 애무한다. 반사적으로 뒤를 돌아다보았다.

아뿔싸! 내 뒤편에 앉아 있는 여인의 옆에 앉아 있는 놈이 뒤돌아보지도 않고 손가락을 꼼지락대며 내 탐스런 궁둥이를 유린하고 있는 것이 아닌가?

"너 뭐야?"

벼락같은 내 호통 소리에 놈이 뒤를 돌아보더니 놀라서 얼른 손을 거두어 간다. 일순 내 머리가 재빨리 회전했다.

'이놈이 옆에 앉은 여자의 궁둥이를 더듬는다는 것이 그 여자와 거의 궁둥이가 맞닿아 있는, 내 궁둥이를 만진 것이구나. 아니면, 뒷머리가 긴 나를 여자로 착각하고?'

놈은 찍소리도 못하고 그 옆의 여자는 어리둥절한 얼굴이다. 같은 남자로서, 여기서 더 이상 놈을 추궁하면 안 될 것 같았다. 놈이 얼마나 쪽팔릴 것인가.

어쩌겠는가? 내가 놈에게 잡아먹힐 뻔한 성추행을 당했지만, 그 책임의 일부는 내 궁둥이가 넘 섹시한 탓도 있는 것을….

밖에 나와서 내가 왜 소락배기를 질렀는지 사연을 들은 사람들이 포복절도, 이 추운 얼어붙은 대지에 대굴대굴 굴러갈 수준으로 뒤로 넘어진다.

이런 제길! 성추행당한 나는 위로를 안 해 주고….

그놈도 참! 내 성감대는 궁둥이가 아닌데, 남의 다리 긁기는…. 내가 좋아하는 여인들은 나를 거들떠보지도 않고 내가 남자들이 좋아하는 타입인 것 같아 좀 씁쓸하다.

남자들아! 나, 남자 안 좋아한다. 여자 무지 좋아한다.

꽃으로 맞아도 아프다

약속 시간을 지켜라

강남대로가 여전히 막힌다. 내가 타고 있는 버스도 가다 서다를 반복한다.

"어디시지요? 저는 벌써 약속 장소에 와 있는데요."

약속한 분(?)한테서 온 문자이다.

"지금 가고 있습니다."

하고 문자로 답했다.

약속 시간인 2시는 다가오고…. 버스에서 내려서 빨리 걸어가는 것이 나을 것 같지만 그럴 수도 없고, 그저 마음만 쫄밋거릴 뿐이었다.

어찌어찌하여 약속 시간 5분 전에 약속 장소 근처에서 버스에서 하차할 수 있었다. 버스에서 내리자마자 또 문자가 온다.

"2시가 다 되어 갑니다."

은근히 짜증이 난다. 문자에 답을 하지 않고 부지런히 약속 장소로 향했다.

폭염에 땀을 훔치면서 정시에, 정말 2시 정각에 약속 장소 문을 밀고 들어섰다.

그런데 또 문자가 온다. 흘끗 문자를 보니

"2시입니다."

라는 문자가 보인다. 구석진 자리에 앉아 있던 녀석(?)이 나를 보더니 멋쩍게 핸드폰을 내려놓는다.

"일찍 오셨네요."

하는 내말에 녀석이 그런다.

"저는 항상 약속 시간 보다 일찍 나옵니다."

녀석의 잦은 문자질에 심기가 뒤틀린 내가 말했다.

"왜 약속 시간을 지키지 않습니까?"

녀석이 무슨 소리냐는 듯 멀뚱히 나를 쳐다본다. 나는 딱 잘라서 말해버렸다.

"약속 시간은 2시인데…. 그 시간을 지키지 않고 약속을 어기고 미리 나와 계시니 말입니다. 저는 약속 시간은 칼같이 지키는 사람입니다."

녀석의 얼굴이 벌게지는 건 무시해 버렸다. 오늘 상담은 이미 물 건너갔다. 무지 덥다.

신상 털기

요즘 나는 오전에는 늘 인능산에 오른다.

정상을 바로 앞에 두고 긴 나무 의자 하나 놓여 있는 3평 남짓한 쉼터가 내 종착지이고 나만의 공간이다. 나는 손바닥만 한 이곳을 넓은 인능산 안에 나의 영토로 등기(?)를 해 놓았다.

오늘도 나는, 나의 영토에 올라 어김없이 영토 한편에다 영역 표시를 한 후 겟말을 추스르고 손발을 흔들고 몸을 비틀고 오두방정을 떤다.

내 또래쯤의 7~8명의 남녀 등산객이 허위대며 올라와서 배낭을 내려 놓고 가쁜 숨을 고른다. 점령군에 밀려난 영주인 나는 하릴없이 스마트폰만 들여다본다.

시끌벅적거리던 이들이 나의 의자에 앉고서고 하면 사진을 찍더니 나더러 단체 사진을 찍어 달란다. 사진을 찍어 주고 한마디 했다.

"허락도 없이 남의 땅에 들어와서는 일까지 시키냐?"

장난기로 한 내 말에 그중 고지식한 인사가 그런다.

"여기가 사유지인가요?"

"그럼요. 여기 쉼터만 제가 소유권 등기를 해 놓았습니다. 못 믿기시면, 등기소에 가셔서 확인을 해 보시지요."

일행 중 한 명이 나도 사진을 한 장 찍어 주겠다고 내 핸드폰을 달라 한다.

"아니, 되었습니다. 저는 이곳에서 하도 많이 인증샷을 찍어서 여자들에게 보냈더니 이제 여자들이 많이 식상해합니다."

내가 사양하자,

"사귀는 여자들이 많으신 모양이지요? 우리가 보기에도 여자들이 좋아하게 남자답게 생기셨습니다."

하며 남자 한 분이 아부성(?) 발언을 한다.

"제가 그렇다는 소리를 자주 듣곤 합니다. 거기다가 제가 돈도 좀 있어요."

그 말에 일행 중 여자분이

"부자세요?"

"큰 부자는 아니고요. 여자들이 좋아할 정도는 있습니다."

다른 남자 일행이 그런다.

"이분 코 좀 봐라. 코가 큼지막한 것이 여자들이 많이 따르겠잖냐?"

내가 무지 겸손해했다.

"코 크기가 거시기하고 정비례한다는 게 맞아요. 그런데 뭐, 크다고 다 좋은가요?"

"아는 여자분 많으면 분양 좀 하시지요."

꽃으로 맞아도 아프다

내가 서슴지 않고 흔쾌히 응했다.

"기꺼이 그러지요. 카톡 주소를 알려 주시면, 여자들 사진 보내 드리 겠습니다. 그런데 죄송합니다. 분양은 아니고 재고 정리라서….."

오늘 인능산에 올랐다가 내가 다 까발리어졌다.

돈이 많다는 것도, 남자답게 생겼다는 것도, 코가 크다는 것도, 여자 들이 많다는 것도….

하산길에 멀리 여자분이 한 분 올라오신다. 나는 얼른 손가락빗으 로 머리를 쓸어 올리고 모양을 내었다. 올라오는 여자분에게 잘 보이려 고…. 이 정도면 내가 여자를 좋아한다는 것도 눈치를 채시려나?

사실을 고백하면, 돈도 좀 있다는 건… 완전 뻥이다.

순전히 봉사하려는 거다

"이번 모임에 나오실 거지요?"

"무슨 모임?"

"전에 말했잖아요. 지역 경찰위원 해 달라고…."

"아, 깜빡했네. 그리고 나, 그런 거 못해."

같은 아파트 살면서 몇 번 만난 여인이 지역 치안 봉사단체인 '경찰위원'인가 뭔가의 총무라면서 그 일원이 되어 달라는 것이다. 이쁜 아줌마가 오라버니, 오라버니 하면서, 실실 눈웃음을 치는 데 홀랑 넘어가서 그런다고 했던 것 같다.

어쨌든 이번 모임에는 다른 선약이 있어 못 간다고 했더니 끈질기게 다음 달 모임에 나오셔서 위촉장을 받으라고 해서 빼다 빼다(?) 그냥 승낙하고 말았다.

꽃으로 맞아도 아프다

감투라고는 국민학교 다닐 때 어찌어찌해서 반장 한번 해 본 게 유일한데 이 나이에 별 감투를 다 쓰게 생겼다. 학교 다닐 때 퇴학도 당한 적 있고, 젊은 날 쌈박질로 경찰서도 몇 번 잡혀갔는데 그런 건 결격사유가 안 될까….

그건 그렇고… 혹시, 내가 뭐 인격이 고매한 지역 기름종이도 아닌데, 그녀가 자꾸 나를 끌어들이는 것이 나한테 호감이 있어서 나를 꼬시려는 건 아닐까?

아니, 아니지. 내가 그녀에게 접근하려고 못 이기는 체하고 승낙한 건지도 모르지.

아니… 내가 그럴 리가 있나? 순전히 정말로 순수하게 지역을 위해 봉사하려는 거지. 나, 그렇게 얍삽한 놈 아니다.

명색이 '경찰위원'인데, 순찰 봉사하다가 불량배들한테 '아시바리'라도 당하면 안 되니 이참에 더 부지런히 인능산에나 올라 다리 힘이나 짱짱하게 만들어야겠다.

이런 18!

밤 11시경, 종로3가에서 3호선 전철을 탔다. 고속터미널에서 7호선으로 환승하여, 학동역에서 내려 집으로 가기 위해서이다.

잠깐 깜박했는데, 고속터미널 지나쳐 교대역이다. 얼른 내려서 다시 빠꾸해서 고속터미널 방향으로 가려는데, 추레한 모습의 60대 중반의 남자가, 강남구청역 쪽으로 가는 길을 묻는다. 어느 전철을 타야 되느냐고….

교대역에서 헤매고 있는 것이다. 당혹스런 기색이 역력하다. 나와 가는 방향이 같아서,

"나를 따라오시지요."

했더니 그 남자가 나를 쫄래쫄래 따라온다. 고속터미널에서 강남구청역 방향으로 가는 7호선으로 환승을 하니, 그 남자가 그런다.

"촌에서 서울에 올라오니 길을 모르는데, 술까지 한잔해서 지금 계속

꽃으로 맞아도 아프다

전철을 타고 헤매다 보니, 술도 깨고 진땀이 다 납니다. 고맙습니다!"

내가 물었다.

"어디 가시는데요?"

"강남구청역 근처에 며느리 집이 있는데 거기 갑니다."

장난기가 발동한 내가 그랬다.

"아니, 아드님 집에 가야지 왜 며느리 집에 갑니까?"

그 남자가 그랬다.

"5층 건물인데 사무실은 세를 주고, 맨 위층이 살림집인데…. 건물이 며느리 명의이니 며느리 집이지요."

내가 또 그랬다.

"아들이 장가를 잘 갔네요."

그 남자가 그랬다.

"우리 아들이 치과 의사여요."

"아… 그래서 부잣집 며느리를 얻었군요."

그 남자가 아무렇지도 않은 기색으로 그런다.

"나도 유성에서 40억 정도의 재산이 있어요. 그렇지만 며느리 집안만 은 못하지요."

이런 18! 학동역에서 내리면서, 그 남자에게 이렇게 말했다.

"길도 모르는데 전철 타려고 식은땀 흘리고, 이리저리 왔다 갔다 하지 말고… 택시 타고 다니슈."

'집구석에 처박혀 있거나….'라는 말은 차마 하지 못했다.

요즘음 세월에도 며느리 집(그 남자 말대로)에 가서 자고 가는 사람이 있나 보다.

죽어서 돈 가지고 저승 가는 놈 없다. 그래서 수의에는 주머니가 없는 것이다. 뭘 알기는 아냐?

그나저나 40억이면 택시를 몇 대 사려나….

꽃으로 맞아도 아프다

발가락 냄새 맡는 것도
물 건너갔고

TV 소리에 깨어 보니, 코앞에 웬 발이 있고 손을 뻗어 더듬어 보니 맨살의 다리가 만져진다.

"누구얏?"

밤늦게 노니다가 들어와 취한 몸에 대강 씻고 잠이 들었는데 웬 다리가 만져지니 내가 처음도 아니고 순간 많이 헷갈린다.

"나야!"

아내였다.

'어라! 이 사람이 왜 여기에?'

늘 혼자 자는 나는, 순간적으로 머리를 굴려 봐도 상황을 이해하기가 용이치 않다.

'혹시 이 사람이… 운우지정(雲雨之情)이 생각나서 슬쩍 들어온 것인가? 그 생각이 났으면 같은 방향으로 누워야지, 왜 반대 방향으로 누워

있지?'

내 기억으로는 평생 잠자리가 점잖으신(?) 분이 내 발가락을 빨려고 그럴 리는 없을 테고….

어쨌든 그 발이 처용에서 나오는 역신의 발도 아니고 아내의 발인 것이 확인되었으니 아내가 나를 덮친들 흉 될 것도 없고 또 못 이기는 척 당해 주면(?), 그것도 딱히 나쁠 것도 없겠다 싶어 은근히 기대했는데….

역시 그런 불상사는 일어나지 않았다.

아침에 일어나서 아내에게 물었다. 냄새나는 발가락은 왜 코앞에 들이밀었느냐고?

아내의 말이, 거실에 TV가 갑자기 꺼지더니 켜지지 않아서 잠도 안 오고 해서 안방으로 살그머니 들어와서 내 침대에 반대로 누워서 TV를 보고 있었다는 것이다.

그러면서 한 말씀 덧붙이신다. 발가락 사이사이 좀 깨끗이 씻으라고….

자는데 TV 소리를 내가 싫어하자 몇 년 전부터 아내가 잠이 안 온다고 거실에서 TV를 보다가 잠들곤 하더니, 이제는 별일이 없는 한 당연히 별거 상태로 지내게 된 것이다.

나는 내심 그 별거가 못마땅했지만 동침을 고집하면, 내가 밝히는(?) 놈 같기도 하고 또 근력도 딸려서 잘되었다 하고 무관심 한 척한다.

그래도 은근히 아내의 안방 귀환을 기다리며 방법이 없어 벙어리 냉가슴이었는데 덕분에 좋은 방법을 배웠다. 거실에 TV를 박살 내는 것이다. 그저 바람일 뿐이다.

꽃으로 맞아도 아프다

며느리가 어머니에게 효도한다고 엊그제 벽의 반만 한 TV를 매달아 놓았는데 감히 어찌 그걸 박살 낼 것이며, 이제 고장 난 TV도 고쳤으니….

더 이상 아내의 발가락 냄새 맡는 것도, 물 건너갔다. 그거 별거 아니다.

백수의 일상

나도 모르게 등산화 끈을 조이고 있는 나를 본다.

전날 마신 술의 숙취도 해소하고 시나브로 마른 장작 같아지는 다리에 근도 좀 붙이고 다리 힘도 짱짱하게 해 보자고 시작했던 산행이 일상이 되었다.

거기엔 마눌님 눈치(?) 보면서 하는, 백수의 탈출이 아니라고 강변하기에는 낯이 좀 간지럽다. 오늘도 생수병 하나 달랑 들고 인능산에 오른다.

예부터 늙으면, 임금님이 명아주 줄기로 만든 지팡이 청려장(靑藜杖)을 하사하는데…. 늙으면 지팡이에 의지해 다니면 그만이지 다리 힘 짱짱하게 하는 것이 뭐 그리 큰 바람이라고, 올라가면 내려올 산을 허위허위 오르느냐? 다 부질없다.

그래도 백수의 일상이…. 오늘도 음주 가무도 해야 하고 심심하면 붓

꽃으로 맞아도 아프다

질로 소일도 해야 하는데 붓 잡은 손 떨리면 노필이라 변명하기엔 이른 나이이니, 나는 오늘도 변함없이 인능산을 오른다.

늙기 싫다 하더니
환갑을 못 넘기고 산으로 올라가서
영영 내려오지 않는 여인이 있었습니다.
정녕 늙기가 싫었었나요.
이제는,
늙어 보고 싶지 않냐고 물어보고 싶습니다.

오늘도 인능산에 오릅니다.
산에 영원히 있기가 싫어서 하산하여
늙는 걸 싫어하지 않고
좀 더 늙어 볼까 합니다.

인의예지 중에
인(仁), 측은지심(惻隱之心)을 일필하여 봅니다.
더 늙기를 포기한 것에
많이 측은합니다.

내 참, 디러버서

혈압약 처방을 받으려고 동네 병원에 갔다.

50대 초반의 여의사가 생글생글 웃으면서 자기가 아픈 환자인 것처럼 마음을 써 준다.

이제 주치의(?) 수준이 되다 보니 때(?)가 되면 각종 검사도 꼬박꼬박 챙긴다. 하마터면… 데이트 신청을 할 뻔했다. 너무너무 상냥하고 친절하다.

이 병원에 오기 전 전에 다니던 병원에서의 일이다.

지금 다니는 이쁜 여의사 선생님과 그때의 골난 놈 같은 뚱한 의사와 너무 많이 비교가 된다. 전에 의사는,

"혈압은 조절이 잘되고 있고… 당 검사하고 콜레스테롤 검사하고, 심전도 검사하고 X-레이 한번 찍어 봐."

꽃으로 맞아도 아프다

"알겠습니다."

하고, 시키는 대로 검사를 하고 나오니,

"당은 정상이고… 심전도와 X-레이 결과도 좋네. 콜레스테롤 결과는 다음 진료 때 와서 확인하고… ."

작자가 반말로 끝까지 갑의 위치를 고수한다. 내 또래 같은데… . 짜식이 혀가 반토막인가? 진료받을 때마다 반말로 건방을 떤다.

"감사합니다."

깍듯이 인사를 하고 병원 문을 나섰다.

한 달에 한 번 고혈압 검사를 하고 약을 처방받기 위해 병원에 가는데, 의사가 늘 반말 처방을 하고 나는 은근히 약이 오른다. 항의 한마디 못 하고 공손히 뒷걸음으로 물러난다. 그러고는 혼자 중얼 거린다.

"야, 인마! 내가 그래도 너보다는 낫다. 내가 몇 년을 가 봐도, 너는 항시 옷도 다양하게 못 입고 하얀 옷만 걸치고 늘 그 자리에 앉아 있으니… . 지겹지도 않으냐? 나는 자고 싶을 때 자고 놀고 싶을 때 놀고 먹고 마시고가 자유로운 백수(百壽)님이시다. 어따 대고 반말이냐?"

처방 받은 약을 사러 단골 약국에 들렀다.

나이 드신 여자 약사분이 약을 주면서 앵무새같이 항시 같은 내용의 약 복용 방법을 설명한다.

'그래, 여기서는 내가 갑이니 나도 반말을 한번 해 봐야지.'

그런데 정작 나온 말은,

"자주 와서 미안합니다."

약사님이 급히 대답한다.

"아이구! 저야 고맙지요."

약값이 얼마냐고 물으니 16,000원이란다. 쭈뼛거리며 공손하게 물어보았다.

"저, 자주 오는 단골인 거 아시죠? 좀 깎아 주면 안 되나요?"

에누리 없는 장사가 없다는데, 이놈의 약국에서는 약값 한 번을 깎아 주는 걸 못 보았다.

'에이, 앞으로 내가 병원이나 약국을 다니나 봐라! 내 원, 디러버서…. 아프질 말든지 해야지.'

그대 앞에만 서면 나는 왜 작아지는가?

등애(燈崖)라
불러 주오

학천(鶴天) 형을 만나기로 하였다. 학천(鶴天)은 그 형의 호(號)다. 형은 내가 본명을 부르는 것보다 호(號)를 불러 주는 것을 더 좋아하고, 나를 부를 때도

"등애(燈崖)께서는…."

하고 점잔을 떨며 내 호(號)인 등애(燈崖)라고 부르기를 좋아한다. 오늘도 아마 형과 나는 서로 호(號)를 부르며 한잔할 것이다.

동석하는 친구가 있는데 그 친구와 나는 서로 '공(公)'자를 붙여 '박공(公)', '김공(公)'으로 호칭하기로 하였고 평소에도 그렇게 부른다.

서로 그렇게 부르다 보니 왠지 막말이나 상소리를 해서는 안 될 것 같고 인격도 조금 업그레이드된 것 같은 기분이어서 좋다.

나의 호(號)는 처음 서예를 배울 때 선생님이 지어 주신 '원재(原齋)'라

는 호를 사용했고 지금도 낙관 시에는 그 호(號)를 즐겨 사용한다.

그러다 내 스스로 지은 호(號)가 '등애(燈崖)'이다. 등애(燈崖)는 그 뜻대로 풀이하면 '낭떠러지에 등불'이라는 뜻이니 언뜻 무슨 구세주같이 거창하다. 그러나 내가 그리 거창한 사람이 아닌 필부일 뿐이라는 건 다 아는 사실이고….

실은 고향 충남 부여의 내가 태어난 촌 동네 이름이 등애(燈崖)인데 뜻도 그럴듯하다 싶어 호(號)를 그리 지은 것이다.

호(號)는 이름이나 자(字)가 있지만 누구나 쉽게 부를 수 있도록 한 호칭인데, 요즈음은 보통 시문학이나 서화를 하는 분들이 사용하는 외에 호(號)가 없어지고 있는 듯하고, 따라서 호를 사용하는 멋스러움(?)도 사라지는 듯하여 안타깝다.

특히 정치인들 중에는 멋진 호(號)가 있는데도 JP(운정), DJ(후광), YS(거산) 등의 영어 알파벳으로 애칭되고 있는 것도 조금은 아쉽다.

우리도 이참에 이름 외에 멋진 호(號) 하나 지어 봄은 어떨까? 굳이 한자로 지을 필요는 없을 테고 순우리말로 지어 보는 것도 멋질 듯싶다.

나는 좀 더 나이 들어 낙향하여 고향에 살게 된다면, 산 밑 양지바른 남향에 초가 하나 지어 놓고 '등애헌(燈崖軒)'이나 '등애당(燈崖堂)'이라고 현판 하나 걸어 놓고 자족하며 살고 싶다. 그저 똥폼이다.

내 조부님의 호(號)는 '치운(治雲)'이셨는데 뜻이 너무 거창하시다. '구름을 다스리신다' 하시니….

내 어릴 적에, 조부님께서 호풍환우(呼風喚雨)하시며 구름을 다스리시는 건 못 보았지만, 비 오고 눈 내리는 걸 맞히시는 걸 본 적은 있다. 연

꽃으로 맞아도 아프다

세 많으셔서,

"삭신이 쑤시는 걸 보니… 비가 오려나?"

이러시는 말씀을 하셨던 것도 같고, 그날은 십중팔구 비나 눈이 왔던 것 같다.

어쨌든, 나를 '등애(燈崖)'라 불러 주오. 유식한 것도 같고 폼도 좀 들어간 것 같아 보인다.

우기면 이긴다

"형! 세상에서 젤루 높은 산이 무슨 산인지 알아?"

7~8세쯤 된 꼬마가 동갑이지만 생일이 빠른 사촌형에게 하는 말이다.

"세상에서 젤 높은 산은 승산(성흥산)이지."

고향인 부여군 장암면 지토리에서 나고 자란 꼬마인 나의 큰형님의 답변이다.

"에이… 형은 몰라! 세상에서 제일로 높은 산은 칠갑산이여."

똑같은 꼬마인 사촌형이 잘난 척 으스대며 하는 말이다.

사촌형은 작은아버지를 따라 객지인 충남 청양에서 살다가 큰집에 놀러 온 것이다. 사촌형은 청양의 칠갑산이 성흥산성보다 어마어마 높은 걸 안다. 성흥산성만 보고 자란 형은 성흥산성이 세상에 제일 높은 산으로 안다.

백제의 고성인 가림산성(성흥산성)은 해발 250미터이고, 칠갑산은 561미터이다. 둘은 서로 핏대를 올리며 자기주장을 굽히지 않는다.

누가 이겼을까? 우기면 이긴다. 무엇보다도 큰형님은 할아버지의 장손이다. 칠갑산이 해발 1,000미터래도 당연히 장손이 말하는 해발 250미터인 성흥산이 더 높고 큰형님의 일방적이 승(勝)이다.

진 사람이 아무리 화를 내고 골을 내도, (시)장판에 중(僧) 골낸 것처럼 알아주는 사람 하나 없다. 억울해서 복장이 터져 죽을 노릇이다.

"네 이웃의 여인을 탐하지 말라."

십계명에 그리되어 있단다. 유식한(?) 내가 반박했다.

"십계명에는 그렇게 되어 있는 게 아니고 '간음하지 말라'라고 되어 있다."

녀석이 자기의 주장을 조금도 굽히지 않고 분명히 십계명에 '네 이웃의 여인을 탐하지 말라'고 되어 있다고 입에 게거품을 문다. 그 거품에 내가 졌다. 하도 우기니, 정말 그 말이 맞는 거 같기도 하다.

녀석이 요즘 어느 유부녀와 부적절한관계에 있는 걸 내가 안다. 또한 그 여인이, 녀석의 이웃은 아니고 이웃의 이웃 여인이니…. 이웃 여인을 탐한 것은 아니고 또한 십계명을 어긴 게 아니라고 강변하는 것 같다.

그래, 네가 이겼다. 우기면 이긴다. 아니, 져 줬다. 나도 이참에 내 이웃이 아닌, 이웃의 이웃 여인이나 어디 한번 기웃 거려 볼까나.

십계명이 그리되어 있다니, 십계명을 어기는 것도 아니고…. 나도 네가 나를 이긴 게 매우 좋다.

이 여인을 아시는 분
계신가요

"010-93##-7498"

누가 이 번호를 아시나요?

2차는 '오비스 캐빈'에 갔지요.

중늙은이 남자 4명이 족발에 굴전에 을씨년스럽고 청승맞게 소주잔이나 기울이기에 겨울은 너무 추웠어요. 2차로 오비스 캐빈에 간 것은 그래서가 아니고 사실 제가 처음부터 새끼줄을 꼬아 놓았던 거지요.

통기타 가수가 보이는 좋은 자리(?)는 이미 만석이고 할 수 없이 구석진 자리에 앉을 수밖에요.

후줄그레한 중늙은이들이 거기에 간들 별 볼 일 있나요. 꿰다 놓은 보리자루처럼 비싼 안주에 비싼 소맥(한 병에 9천원)만 홀짝 거릴밖에요.

제가 누굽니까. 돈키호테는 못 되어도 산초만큼은 되지요. 용감하게

꽃으로 맞아도 아프다

스테이지(?)에 나갔지요. 몸치로 흔들어 대면서 여인들만 있는 테이블을 흘끔거리다가 그러다가 좁은 스테이지에서 춤추는 눈이 이쁜 여인과 눈이 맞았지요. 그 여인이 나한테 실실 눈웃음을 쳤거든요.

그리 그리해서 어쨌든 여인이 우리의 좌석에 합석했지요. 지나치던 쥔장이 호주머니에서 마른 오징어 한 줌을 꺼내 주면서 여인에게 그랬어요.

"아무개야! 이 아우(저)가 내가 보증하는 멋진 사람이니 잘 사귀어 봐라!"

라고…. 제가 우쭐했지요.

하지만 제가 사나이 아닙니까? 여인을 친구에게 양보했지요.

"친구야, 이 여인하고 서로 전화번호 교환해라."

그런데요. 여인이 싫다는 거예요. 그러면서 저보고 제 핸드폰을 달라는 거예요.

어라! 못 이기는 체하고 핸드폰을 건네주었지요. 누구라도 일단 전번은 따야 되는 거 아니겠어요. 제가 너무 속이 빤히 보이는 얘길 한다고요?

여인이 제 핸드폰에 자기 전번을 누르는 것 같았어요. 사나이가 방정스럽고 가볍게 그 자리에서 여인이 누른 전번을 확인할 수 있나요. 점잖게 궁금하지도 않은 척하고 핸드폰을 그냥 주머니에 넣었지요.

몇 번 더 엉거주춤을 추고 다시 들어와 술을 홀짝거리고 그렇게 시간은 지나고 여인이 너무 늦었다고 집에 들어가야겠다네요. 쿨하게 보내줬지요.

귀가하는데 택시를 못 잡아서 엄동설한에 종로거리에서 개 떨듯이 떨면서 1시간여를 헤매다 겨우 집에 왔어요.

늦은 아침을 먹고 어제 일이 생각나서 핸드폰에 입력된 여인의 전번을 확인해 봤어요.

"010-93##-7498"

전번 중간에 숫자 2개가 '우물#'로 입력되어 있었어요. 이런, 이런! 그 여인이 그렇게 장난을 치고 그 자리를 슬기롭게 넘긴 거지요.

여인에게서 전번을 받고 갖은 폼 다 잡고 우쭐해하는 내 모습이 얼마나 가소롭고 웃겼을까요? 완전히 스타일 다 조졌지요.

가만…! 생각해 보니 '오비스 캐빈' 쥔장이 여인의 이름을 부르던 것이 생각났어요. 그 여인을 찾을 수는 있겠구나. 하지만 그러면 뭐 하겠어요. 그랬다가는 또 한 번 더 쪼다가 되는 것뿐이지요.

혹시 그 여인이… 등애거사를 골탕 먹이려는 어느 여인은 아니겠지요.

누가 그 여인을 아시나요?

저 어제 삼천만의 쪼다가 되었어요.

꽃으로 맞아도 아프다

빨간 바지 사 온 뜻은

평생 차려 주면 주는 대로 먹는다.

식탁에 풀만 있어도 '양(羊)이 푸른 초원에 노는 것이지(내 띠가 양띠이다).' 하고, 어쩌다 남의 고기라도 올라오면 '아들이 왔다 갔나?' 반찬 타박 한번 한 적 없다.

"이거 한번 입어 보시우."

아내가 뭔가를 건네길래 포장을 뜯어보니… '빨간 바지'이다.

"뭐야? 나, 이런 거 안 입어! 내가 뭐 날라리야?"

"이거 빨간색 아니야. 주황색이야."

이런 제길, 빨간색이나 주황색이나….

평생을 옷 한 벌 내가 산 기억이 별로 없다. 신발부터 양말, 속옷, 겉옷…. 천성이 게으르고 귀찮아하는 성격의 나는 쇼핑이라고는 해 본 적이 거의 없다.

젊었을 때는 아내의 성화에 아내를 쫄래쫄래 따라서 몇 번 쇼핑에 따라 나선 적은 있지만, 아내가 이것저것 몇 번씩 고르는데 지겨워서 짜증을 내는 기색을 보였더니 아내가 더 불편한지 같이 가자는 것이 줄어들더니, 언제부터 아내 혼자 알아서 한 것이 오늘에 이르러 그저 사 주면 주는 대로 입게 된 것이다.

그런데 내 취향을 너무나 잘 아는 아내가 내가 싫어하는 걸 모를 리 없는데, '빨간 바지'를 사 온 것이다. 봄이라서 화사하게 입어야 한다나 뭐라나….

아! 그렇구나. 아내는 남들에게 우중충하고 추레하게 보이는, 반백의 늙은 남편이 안쓰럽거나 보기 싫은가 보다. 요즘 가만히 생각해 보니, 옛날에는 늦게 들어오면

"누구랑 마셨느냐? 그 자리에 여자는 없었느냐?"

등의 바가지를 긁었던 것 같은데…. 이제는, 어떤 여자가 추레한 늙은이를 쳐다나 볼까 하고 빨간 바지라도 입혀서 내보내고 싶은가 보다.

좋다! 아내여! 먹여 주고 입혀 주고…. 앞으로도 계속 쭈욱~ 뭐 다 당신만 믿는다.

아니지. 이왕 빨간 바지 사 온 김에 빨간 바지를 입고 종삼 국일관 앞에 가서 서성거리며 콜라텍에서 나오는 아줌마들이나 기웃거려 볼까나?

꽃으로 맞아도 아프다

조옷 될 뻔했어

앞 테이블에 앉아 있는 내 맞은편의 여인이 애절한 눈빛(?)으로 나를 흘끔거리고 있었어. 상당한 미모의 50대 중반쯤의 여인이었어.

고향 친구 4명이 땅거미 지는 술시에 국일관 앞 족발집에서 한잔하고 있는 중이었지.

친구들과 대화를 하면서도 나도 수시로 여인을 흘끔거리고 있었어. 미모의 여인이 내게 향한 눈빛을 모른 척해서야…. 그게 어디 신사가 할 짓은 아니잖아?

'저 여인이 틀림없이 나에게 지대한 관심이 있는 게야. 안 그러면 저렇게 노골적으로 나를 흘끔거리겠어?'

나는 자세도 폼나게 잡으면서…. 평소에는 주둥이가 터져라 하고 쌈을 싸서 밀어 넣던 족발도 조신하고 품위 있게 술 한 잔에 한 점씩 잡수시었지. 여인이 나를 얼마나 의젓하게 보겠어?

그러던 중 나에게 여인이 고개를 숙여 목례를 하는 거야.

'어라! 여인이 먼저 작업을 걸어와?'

나도 목례를 하며 일어섰지. 그랬더니 여인이 일어서더니 내게로 다가오는 거야. 숨길 수 없는 나의 매력에 여인이 용기를 낸 거였지.

"안녕하셨어요? 저 모르시겠어요?"

여인이 그랬어. 순간 조금 당황스러웠지. 재빨리 머리를 굴려 누군가를 생각해 내려 했지만 전혀 모르겠는 거야.

"누구시지요?"

여인이 웃으며 이랬어.

"저, 언니 동생 민아여요."

'언니 동생…? 아차차! 그렇구나. 평소 아내에게 언니 언니 하며 지내는 민아 씨구나.'

이쁜 여인 밝히다가 개망신이 뻗칠 뻔했어. 여인에게 수작이라도 걸고 추근댔으면, 어쩔 뻔했어? 갑자기 술이 확 깨는 느낌인 거 있지.

"이쁜데…. 누구냐? 합석하자고 해라."

"역시 등애거사여."

친구 녀석들이 한마디씩 했지만 나는 모골이 송연했어.

다음 날 아침에 아내가 그랬어.

"어제 족발집에서 민아 만났다며?"

"몰라, 누군지. 어떤 여자가 당신 동생이라고 인사를 하던데…."

아무 관심 없는 척 시큰둥하게 대답했어. 이쁜 여자 흘끔거리다가…조옷 될 뻔했어.

아내 이웃의 여인을 탐하지 말라.

꽃으로 맞아도 아프다

똥 싸고 득도했다

좀 지저분하지만….

옛날 똥 싸고 득도(?)한 썰이나 한번 풀어 볼까 합니다.

누군가 보는 분이 계셔도 어쩔 수 없다. 세상에 이보다 더 급박할 수가 없다. 그런데 이제는… 정말 아무것도 부러울 것도 없고 바랄 것도 없다. 느긋하다.

잘 먹고 잘 자고 잘 싸는 것이 인생 삼낙(樂)이라던가?

바위로 엄폐된 계곡에서 다급하고 은밀히 세 번째 낙(樂)을 즐겼다. 몇 초 전까지만 해도 정신이 하나도 없고 얼굴이 노랬는데….

국민학교 동창회를 충북 괴산에서 하고 일박 후 아침을 먹고 동창들이, 가벼운 차림으로 그곳에 있는 낙영산으로 등반을 하였는데….

어제 저녁에 친구들과의 해후에서, 반가운 마음에 과음을 한 탓인지 산 정상으로 향할 때부터 아랫배가 살살 아프던 것이 하산할 때는 시시각각으로 급하게 밀어내기를 해야 될 상황이 도래한 것이다.

괄약근을 최대한 조여 가면서 뭉그적거리고 산을 내려오는데 죽을 맛이다. 남의 속도 모르고 여자 동창들은 자꾸 말을 걸어오고….

어디 적당한 곳에서 실례를 해야 하나? 끝까지 품위를 유지해야 하나? 마음은 순간순간 바뀌면서 심한 갈등 속을 헤매고 있었다.

어찌어찌하여 산 밑까지 내려왔는데 올라갈 때 보았던 큰 사찰이 보이고 사찰 옆에 해우소가 눈에 띈다. 절에서 부처님을 만난다는데, 부처님이 있기는 있구나! 이제는 되었다. 최대한 점잖은 폼으로 해우소에 갔는데….

아뿔싸! 해우소는 어른 주먹만 한 자물통으로 굳게 채워져 있고 문에는 이렇게 쓰여 있었다.

"스님 전용."

니기럴! 이런 개니노지 개니누랄 같은 경우가 있나.

이제는 체면이고 나발이고 없다. 선불 맞은 멧돼지처럼 계곡으로 냅다 뛰었고 뛰면서 겨냥해 놓았던 바위 뒤에서 정신없이 바지춤을 끌어내렸다.

휴! 노랬던 얼굴에 화색이 돌고 언제 그랬냐 싶게 느긋해지자 은근히 화가 난다.

이 절은 중(스님이란 표현이 과하다)들이 싸질러 놓은 똥도 훔쳐 가는 놈들이 있는 모양이다. 중들은 황금 똥을 누는가? 그러니 똥을 못 훔쳐가게 자물통을 채워 놓는 것 같다.

꽃으로 맞아도 아프다

중들아, 보시해라!

보시할 게 마땅찮으면… 똥숫간에 똥이라도 남이 퍼 가게 보시 좀 해라! 깊은 깨달음(득도)이 밀려온다.

전용도 좋다마는, 여기저기 전용을 만들어 놓다 보면 전용 없는 남자들의 원망을 얼마나 받을까? 그저 마누라만 전용으로 해야겠다. 전용을 만들려고 여기저기 기웃대다가 개망신당하지 말고….

스님들은 마누라가 없다 보니 해우소라도 전용으로 해 놓는 모양이다.

절은 대찰이었는데 하도 정신줄을 놓아서인지 절 이름은 까먹었다. 나처럼 급박한 일을 당할 수 있는 떵 마려운 사바대중을 위해서 절 이름을 밝혀야 하는데….

내 말에도 '일류'가 있지요?

철거 사업을 하는 내 친구가 있다. 이 친구가 철거를 여러 건(件) 하다 보니 돈도 좀 벌었고, 그 세계에서는 선수라는 자부심도 가지고 산다.

그런데 원숭이도 나무에서 떨어질 때가 있다고 대형 프로젝트 철거 현장에 보증금 명목으로 대여해 준 2억 원이 물리고 만 것이다.

이제 철거는 나중이고, 들어간 돈을 회수하는 게 우선이 되어 버렸는데 애초부터 자금이 잘 돌아가지 않던 시행사 이니 돈은 이미 써 버렸고 그 돈을 돌려받기가 쉬운 일이 아니다.

돈을 빌려간 시행사 사장을 만나러 가면서 깍두기 떡대 한 명을 데리고 가기로 했다. 돈을 갚지 않으면 실력 행사를 하겠다는 은연중의 협박용 겁주기이고 병풍이다.

미팅에 앞서 병풍에게 교육을 시켰다. 형님이라고 부르지 말고 사장님이라고 해라, 이야기 도중에 끼어들지 마라, 그저 어깨에 힘만 주고

꽃으로 맞아도 아프다

앉지 말고 서 있어라….

미팅은 순조롭게 진행되었다.

시행사 사장은 구청과 얘기가 잘되고 있으니 곧 인허가 문제가 해결될 것이라고 시간을 좀 달라고 사정을 했다. 분위기는 험악하지 않았지만 내 친구가 변제할 기한을 정해 못을 박아 버렸다.

"비수기이니 우리도 배도 고프고 이달 말까지는 보증금을 돌려주거나 일을 시작하도록 합시다."

시행사 사장이 다시 한 번 사정을 한다.

"이제 곧 인허가가 떨어지면 비어 있는 집부터 바로 철거에 들어가면서 살고 있는 주민들은 명도로 내보내도록 할 테니 조금만 더 기다려 주십시오."

그러자 지금까지 뒤에서 차렷 자세로 서 있던 병풍이 불쑥 한마디 한다.

"스벌! 우리 사장님이 지금 빈속이(비수기)라고 하시잖아요. 나도 배가 고파 디지겠구만."

친구가 낯살을 찌푸리고 한마디 한다.

"자네는 나서지 마!"

그러자 건달이 눈치껏 쪼그라든다.

대화를 끝내고, 돌아오는 차 안에서 깍두기가 그런다.

"형님! 저런 일은 그냥 확 뭉개고 들어가서 설거지를 한번 해야 쓴당게요."

"그래. 네 말도 '일리'가 있다. 그렇지만 함부로 나대지 마라."

하고 깍두기에게 맞장구를 쳐 주자, 이놈이 얼굴에 화색이 돌면서 한 마디 더 한다.

"그렇지요. 우리 방식대로 해야 된당게요. 제 말에도 '일류'가 있지요?"

구여운 놈.

말 좀 이쁘게 하자

"정신 나갔냐? 미친놈들… 삼복더위에 산에는 왜 가냐? 얼마나 오래 살겠다고…."

어제 한 친구에게 '내일(토요일) 관악산이나 가자'고 연락을 했더니 돌아온 대답이었다.

친구야, 말 좀 이쁘게 해라. 이왕이면, '내일 아내와 결혼하는 날이라서(어차피 거짓말이니) 예식장에 가야 한다. 잘들 다녀와라.'고 하면 어디덧나냐?

결국 친구 세 명이 관악산에 올랐다. 정상에는 오르지도 못하고 산 중턱에 자리를 펴고 술만 마시다 하산했다. 그렇게라도 산에 올랐다 오면, 조금은 더 오래 살려나.

동네 슈퍼에 가는데 아내가 세수도 안 하고 따라나선다.

엘리베이터 안에서 평소 친하게 지내는 퇴직한 교수님의 부인을 만났다. 교수 부인이 계면쩍어하며 그런다.

"오늘 아침에 세수도 못했네."

그 말에 농담을 한다고 불쑥 튀어나온 내 말이….

"이 동네 아주머니들은 게을러서 세수들 안 하고 사시나 봐요."

에라이, 이놈아! 이왕이면, '이 동네 아주머니들은 세수를 안 해도 미인들이십니다.'고 하면, 어디 덧나냐?

내 얘기 아니고 내 친구 얘기다.

꽃으로 맞아도 아프다

평소에 뽐뿌질을 잘해야지

아내 : 잘 들어가요?

남편 : 아니, 안 들어가는 것 같은데...

아내 : 잘 좀 넣어 봐요. 집에서 넣을 때는 잘 들어가더니…. 짜증나네!

남편: 잘 잡아서 맞추어 봐.

아내: 서둘지 말고 천천히 좀 해 봐요.

길을 지나가다가, 자전거 발통에 뽐뿌로 바람을 넣고 있는 부부를 보았다. 남편은 뽐뿌질을 하고 아내는 뽐뿌줄을 자전거 발통 구멍에 맞추고 있다.

부부의 대화가 은근 재미있다. 부부가 자전거 하이킹 중에 발통에 바람이 빠져 있는 것을 알았던 것 같다. 평소에 뽐뿌질 좀 잘해 놓지….

아내: 이제 좀 들어가는 것 같네.

남편 : 그래. 누르는 감각이 들어가는 것 같네.

아내 : 다른 사람은 다 넣고 나서는 구멍에 침을 바르던데….

천고마비. 정말 가을 날씨 너무 좋다. 이 가을에 부부가 취미를 공유
하고 함께하는 것이 많이 좋아 보인다는 얘기다.

내 친구 정 아무개도 지금쯤 의정부 방향으로 홀로 자전거를 타고 있
을게다. 그 친구는 발통에 바람을 빵빵히 넣고 타겠지.

그나저나 발통에 바람을 넣을 때 뽐뿌줄 끝을 잡아 구멍에 맞추어 줄
여친이 있어야 할 텐데…. 평소에 넣는 걸 소홀히 하는 놈은 아니니 어
련히 잘 알아서 할 거야.

가을 날씨 너무 좋다.

꽃으로 맞아도 아프다

똥 누러 갈 때 다르고

대통령이나 재벌 회장님만 주치의가 있는 거 아니다. 나에게도 주치의가 있다. 동네 의원의 여의사 원장님이 내 주치의이다.

매월 혈압약을 처방받으러 이 병원에 가는데, 이 여의사분이 여간 내게 신경을 써 주시는 게 아니다.

혈압 체크 이외에도 몇 개월 만에 한 번씩 피를 뽑고 소변검사를 하여 몸 상태를 점검하곤 하는데 예약된 날짜에 가서는 피를 뽑는 것이 무서워서 다음 달로 미루면 어찌나 바가지(?)를 긁어 대는지 귀찮을 지경이다.

지난달에는 내 나이에는 전립선 검사를 필히 해야 한다고 우겨 대서 피를 뽑힌 바도 있다. 내가 아무 이상이 없다면 그냥 믿어 주면 될 것을….

한없이 씩씩한 척하던 내 친구가 2개월여 전에 폐암 수술을 하고 현재 항암 치료 중이다.

그 후로 내가 숨이 차는 듯하고 호흡이 거칠어진 것 같은 기분이 들어 께름칙한 마음을 지울 수 없어서 주치의에게 그 얘기를 했더니, 내 상의를 걷어 올리고 청진을 해 보더니 폐의 아래쪽에서 미미하게 휘파람 같은 소리가 들린다고 기관지염이나 폐의 섬유질화를 의심해 보아야 한다고 겁을 주더니 소견서를 써서 병원을 소개해 주고 X-레이를 찍어 오란다.

주치의의 지시이니 즉각 이행해야 함에도 게으르고 또 좋지 않은 병(암)이 발견될까 봐서 차일피일 미루다가 어제는 용기를 내어 주치의가 지정해 준 병원엘 갔다.

의사가 소견서를 보더니 대수롭지 않게 영상의학과에 가서 X-레이와 CT를 찍으란다.

오잉! CT까지? 소견서에 의학용어로 뭐라고 뭐락고 써 있던데 심각한 거 아녀, 이거…. 아니지, 병을 정확히 알려면 CT 아니라 MRI라도 찍어야지! 결과를 기다리는 동안 바짝 쫄아 있었다.

'CT까지 찍으라고 하는 걸 보니…. 분명 안 좋은 병이 있는 거야.'

의사 앞에 섰다. 의사 선생님이 설명을 한다. 설명이 장황스럽다. 초조하게 의사 선생님의 입만 쳐다볼밖에…. 결론은 아무 이상이 없다는 것이다.

이런 제길! 설명을 해 주기 전에 괜찮다고 결론부터 얘기 해 주지, 뭔 뜸을 그리 들이냐? 뜸을 들여야 되는 밥솥도 아니고….

이렇게 괜찮은 걸 X-레이만 찍지 CT까지 찍고 난리냐? 아니, X-레

꽃으로 맞아도 아프다

이도 찍을 필요가 없는 걸 주치의는 소견서까지 써서 병원을 소개할 건 또 뭐냐? 내가 앞으로는 다시는 주치의가 시키는 대로 하나 봐라!

아무 이상도 없는데 며칠을 떨었다니…. 며칠을 떨고 돈을 들여 X-레이도 찍고 CT도 찍었으니 뭔 병이라도 발견되어야 하는 게 맞지 않냐는 말이여.

본전 생각난다.

기분도 날아갈 듯 꿀꿀(?)한데 저녁에 술이나 좀 퍼 볼까나. 친구 두 놈에게 연락을 했다.

"이 형이 기분이 꿀꿀한데 술 좀 사 주라."

친구에게 육사시미에 소갈빗살로 술을 뺏어(?) 먹으니 기분이 삼삼했다.

오늘은 언제 호흡이 거칠었던 적이 있었는지 기억도 나지 않는다. 허긴, 똥 싸러 갈 때와 똥 싸고 와서의 기분이 같으면 쓰간디?

집으로 가는 길

늦은 밤 빗속을 뛰어 취한 몸이 버스에 오른다.

혼잡한 버스 안에서 흔들거리는 버스 손잡이를 급히 잡는다. 나도 덩달아 흔들거린다.

내 옆에 딸 같은 앳된, 유난히 가늘어 보이는 몸매의 배만 엄청 불룩해 보이는 임산부가 버스 손잡이를 잡고 흔들거린다. 한 손은 배를 잡고 흔들거리면서도 눈은 배를 잡은 손의 핸드폰 자막에서 벗어나지를 못한다.

앉아 있는 젊은 처자, 건장한 아저씨, 중년의 여자가 흘끗 임산부를 일별할 뿐이고…. 나는 버스 손잡이에 매달려 있는, 딸 같은 임산부 젊은 애가 안쓰럽고 안타깝다.

내 앞 창가 의자에 앉아 있던 여자분이 내리려고 일어선다.

"저기요."

꽃으로 맞아도 아프다

늙은 내가 얼른 빈 의자를 가리키며 임산부를 부른다. 임산부 여인이 배를 한껏 내밀고 뒤뚱 걸어와서 의자에 앉는다. 나를 흘끔 쳐다본다. 그러고는 그뿐⋯. 눈은 다시 핸드폰으로 향한다.

뭐지, 이건? 이 야릇한 뒤통수를 맞은 듯한 이 기분은 뭐지?

'저기요.'

내가 나를 부른다.

'술이 취해 흔들거리는 늙은이가, 빈자리가 나오면 냉큼 앉을 것이지. 뭔 오지랖이냐? 앉아 있는 젊은 처자, 건장한 아저씨, 중년의 여자가 너를 가소롭게 쳐다보잖니? 제발 잘난 척 좀 하지 마라.'

너, 임산부 여자가 고맙다고 해 주길 기대했었구나⋯.

버스에서 내리니 빗줄기가 더 세차게 내린다.

누가 이 여인을
모르시나요

누가 이 여인을 모르시나요.

나이는 30대 중반. 빛나는 까만 눈동자에 복스런 얼굴. 낭창낭창하고 기럭지도 긴…. 누구든 보고는 한 번 더 보게 되는 여인. 누가 이 여인을 모르시나요.

저의 손녀인 가빈이의 고모입니다. 저의 딸이지요. 그 애는 87년도 초겨울에 집을 나간 후로 영영 우리 앞에 나타나지 않았습니다. 마술처럼 갑자기 펑 하고 사라졌지요. 아니, 그건 어쩌면 현실 속에 일어난 일이 아닐지도 모릅니다.

이른 동장군이 찾아온 87년도 늦은 가을에서 초겨울 어간.

여느 때와 같이 밤늦게 귀가해 보니 어린 천사가 포대기에 싸여서 맑고 까만 눈으로 나를 응시하는데 저는 온몸이 감전된 줄 알았습니다.

꽃으로 맞아도 아프다

그 애는 포대기에 싸여 저의 집 문 앞에 놓여 있더랍니다. 저는 그 애가 온 줄도 몰랐지요. 저는 외근 중이었고 그때는 제게 연락할 방법이 없었던 거지요. 그 애는 그렇게 우리에게 왔고 우리의 유일한 딸이 되었지요.

발견했을 때 감기에 걸려 콧물을 찔찔 흘리는 애를 병원에 데리고 다니고, 친구들은 애기 옷을 사 오고 보행기를 사 오고 하며 축하해 주었고요. 물론 주위에서는 저를 닮았다는 의심(?)의 눈초리도 없지는 않았어요.

이름은 '하나'라고 지었지요. '박하나'.

아침에 출근하면 저녁 늦게 자정에나 퇴근하곤 하던 저의 귀가 시간이 빨라졌어요. 술자리는 가능한 한 1차로 끝냈지요. 집에 들어와 이 애의 눈을 들여다보면 어린것이 아빠를 아는지 생긋거리는 것이 환장하게 이뻤어요.

그런데 어느 날.

그날도 일찍 집에 들어왔더니 그 애가 안 보였습니다. 그 허전함과 서운함이라니….

어쩌겠어요. 그 애와의 이생에 인연이 거기까지였을까요.

그 애의 친할머니와 아빠가 데리고 갔다 하더군요. 천사와 저희와의 20여 일 간의 만남은 그렇게 허무하게 막을 내렸습니다.

그 후로 그 애는 우리에게는 네버랜드에 사는 피터팬이 되었습니다. 지금도 가끔 생각납니다.

특히 주위에서 딸이 엄마와 친구같이 지내는 걸 보게 되면, 제 아내가 안쓰러워 보이면서 '하나'가 떠오르지요. 하나가 우리 곁에 지금 있었더라면 하고요.

시방은, 우리 가빈(5)이가 그때의 박하나보다 언니지요. 어린이집에 갔다 온 우리 가빈이가 그러더라고요.

"나는 애기가 아니고 언니야!"

조물주께서 박하나 대신 가빈이를 보내 주었나 봅니다.

누가 이 여인을 모르시나요?

가빈이 고모.

저의 딸.

'박하나' 좀 찾아 주세요.

뭐시 잘한 일인디

　친구 녀석이 피우고 있던 담배꽁초를, 손가락으로 튕겨 멀리 보도에 내버린다. 조금 있으니 청소하는 아저씨가, 쓰레받기를 대고 빗질하여 담배꽁초를 수거해 간다.

　민망해진 내가 한마디 했다.

　"너는 공중도덕도 모르냐? 네가 담배꽁초를 그렇게 버리면, 청소하는 분들이 얼마나 힘이 드냐?"

　녀석의 대답이 엉뚱하다.

　"너는 하나만 알고 둘은 모르는구나. 내 행동이 바른 생활 사나이가 보았을 때는, 잘못하는 것 같지만… 사실은 잘하는 것이다."

　"…?"

　"생각해 봐라. 모든 사람들이 담배꽁초나 쓰레기를 안 버리면 청소할 필요도 없고, 청소할 필요가 없으니 청소하는 아저씨가 없어도 되는 거 아니냐? 그러면 그분들은 실직할 것이고…. 나는 그분들의 생계를 위하여, 담배꽁초를 버린 거여."

녀석이 마치 복지부 장관같이 말이 거창하다. 녀석의 행동이 분명 잘못한 것인데, 잘한 행동이 되어 버리니…. 아둔한 내가 헷갈린다.

시골에 사는 예비 조카부부가 결혼 전 인사차 찾아왔었다며, 아내가 그들과 밥을 같이 먹고 지금 막 터미널에서 버스를 태워 내려보냈다 한다.

"차표라도 끊어 주지 그랬어?"

하는 내 말에,

"당연히 끊어 주었지. 그것도 우등버스표로…."

하면서 생색을 낸다. 그 말에 내가 그랬다.

"당신 참 잘못했네. 왜 우등버스표를 끊어 줘? 일반버스표를 끊어 줘야지."

내가 하는 소리가 무슨 의미인지 모르는 아내가 의아해한다. 내가 친절히 설명해 주었다.

"편안히 내려가라고 우등버스표를 끊어 준 것은 잘한 일이지만, 우등버스는 좌석의 중간에 한강 넓이보다 넓은 팔걸이가 가로막고 있어, 둘이 밀착해서 앉을 수가 없으니…. 걔들은 지금 한창 좋을 때인데 자연스런 스킨십을 할 수가 없잖아. 걔들은 안 편하고 싶어 해."

"…?"

"당신은 잘했으면서도 잘못한 거여."

아마 아내가 스킨십이 뭔지 잊어버린 지 오래되어서 그런 것 같은데 이 나이에 다시 가르쳐 주기도 귀찮고….

꽃으로 맞아도 아프다

앞으로도 그런 일 있으면 하던 대로 해라! 어떤 것이 잘한 일인지 헷갈리니….

성냥공장 아가씨… 유감

우연히 유튜브를 보다가 작고하신 남보원 선생님의 노래가 담긴 유튜브를 보았다. 특유의 구성진 목소리로 부르는 〈성냥공장 아가씨〉라는 노래였다.

6, 70년대 성냥이 필수였던 시절. 별다른 놀이가 없던 동네 사랑방에서는, 성냥개비 따먹기 화투를 치기도 했고.

소읍(邑)의 다방에서는 동네 반 건달놈이 짜장면 한 그릇 잡수시고 성냥개비로 이빨을 쑤시면서 들어와서는 경마 포마드를 처바른 머리를 올백으로 넘기고 백구두를 반짝이며 성냥개비로 탑을 쌓아 올리며 시간을 죽이곤 하는 모습을 볼 수 있었다.

성냥하면 떠오르는 UN 팔각 성냥통. 불같이 번성하라고 집들이하는 집에 선물로 가져갔던 성냥.

"인천에 성냥공장 아가씨….''

왜 인천에 성냥공장일까? 검색해 보니…. 1910년대에 조선 최초 인천의 '조선 성냥공장', 한국인 최초의 성냥공장도 인천의 '대한성냥'.

그 당시 공장도 별로 없던 시절, 성냥공장에 다니던 아가씨들은 부모를 돕고 동생의 학비를 대며 자기를 희생했던 아가씨들.

"인천에 성냥공장 성냥공장 아가씨

하루에 한 갑 두 갑 낱 갑이 열두 갑

치마 밑에 감추고서 정문을 나설 때….''

성냥공장 아가씨는 그깟 성냥 한 갑을 치마 밑에 숨겨 가지고 정문을 나섰을까.

당시는 일제하에 한국인에게는 공장을 세우지도 못하게 하고 성냥 한 통이 쌀 한 되였다니 찢어지게 가난한 곤궁함을 생각할 때, 나라도 불알 밑에 성냥 한 갑쯤 숨기고 어기적거리며 나왔을 법하다.

이런 서글픈 사연이 처음엔 이런 가사의 노래는 아니었을 듯한데, 이 노래가 외설스럽게 바뀌어 70년대 이전에는 병사들에게는 이성에 대한 욕구를 해소하는 군가(?)로 불리었으니….

내 어린(젊은) 시절 자연스럽게 각인된 그 노래를 유튜브를 통해 고 남보원 선생님의 목소리로 들으니 5, 60년 세월이 찰나에 불과하다.

성냥공장 다니던 그 아가씨들은 할머니가 되었거나 고인이 되었을 터…. 깊은 의미도 생각도 없이 흥얼거렸던 옛날의 그 노래. 세상은 참 허망하게도 흘러간다.

"치마 밑에 불이 붙어… 다 탔네.

인천에 성냥공장 아가씨는~ 백니노지!"

꽃으로 맞아도 아프다

노약자석과 어머니

양재역 3호선 전철 안.

퇴근 시간대여서인지 서 있는 승객이 많다. 그런데도 노약자석 2석이 비어 있다. 비어 있는 노약자석의 가장자리 좌석에 궁둥이를 내려놓았다.

남부터미널역에서 70대 후반쯤의 남자분이 타시더니 비어 있는 내 옆자리 좌석에 앉으신다.

고속터미널역. 많은 사람이 내리고 탑승한다. 내 옆에 앉아 계시던 분이 일어서길래 하차하려는가 보다 했더니 아주 연세가 많으신(80 중반쯤의 연세로 지팡이를 짚으신) 할머니에게 앉으시도록 자리를 양보하고 자신은 서 계신다. 동행한 할머니의 딸인 듯한 50대 초반의 여인이 감사함을 표시한다.

순간 내가 심히 부끄럽다. 붐비는 승객들 뒤에 계시는 할머니를 나는 보지 못했다. 그래도 내가 뭔가 잘못한 것처럼 부끄럽다. 일어선 분이 나보다 연세가 훨씬 많으신 분이신데….

조금 시간이 지나서, 궁여책으로 내가 일어선 분에게 자리를 양보하자 그분이 극구 사양하신다.

전철이 신사역에 도착하니 할머니 옆에 앉아 계시던 승객분이 하차하신다. 빈자리가 생기자 할머니가 서 있는 딸을 부른다. 얼른 할머니 옆자리에 앉으라는 것이다. 딸이 고개를 저으며 앉지 않는다.

할머니에게 자리를 양보하셨던 분은 아직 그대로 서 계신다. 할머니는 계속해서 딸에게 앉으라고 하시고 딸은 앉지 않고….

나는 자리를 양보하고 서 계신 분이 그 빈자리에 앉으셨으면 했다. 할머니의 잦은 권고에 딸도 심히 난처해하고 있었으니….

서 계셨던 분이 한강을 건너 약수역에서 내리신다. 서 있는 승객이 많았지만 노약자석에 앉으려는 사람은 없다. 할머니는 계속해서 딸에게 옆자리에 앉으라고 하시고, 딸은 계속해서 사양하다가 할머니의 권고가 잦아지자 그 사양하는 말이

"이제 다 왔어."

로 바뀐다. 딸의 입장이 되어 내가 괜히 난처하고 불안하다.

그러기를 반복하다가 모녀는 충무로역에서 하차하였다. 보고 있던 내가 비로소 안도의 마음이 든다.

보통의 경우라면 빈자리가 나왔을 때 자리를 양보했던 분에게 그 자리를 권했을 텐데…. 할머니의 피붙이 사랑은 무조건적으로 서 있는 딸이 안타까울 뿐이시다. 보고 있는 나는 할머니도 그 딸도 안타깝다.

불현듯이 돌아가신 어머니가 생각난다. 아마… 아마도 우리 어머니도 그리하셨을까. 그 모정이 짠하다.

꽃으로 맞아도 아프다

나도 귓속말 좀
하고 싶다

양재 중앙차선 버스 정류장.

버스가 멈추고 승객이 승하차 후 버스 기사분이 운전석 문을 열고 나와서 뒷문 쪽으로 걸어온다.

'허걱! 뭐지?'

앞뒤에 버스가 줄 서 정차해 있는데…. 순간 머리가 전광석화같이 회전한다.

'아, 오줌이 마렵구나!'

화장실이 있는 주유소까지는 꽤 먼 거리인데…. 버스를 세워 놓고, 많은 승객을 기다리게 해 놓고, 오줌 누러 간다고? 걱정이 상황보다 빠르게 앞선다.

기우였다. 기사분이 혼자 앉아 있는 여성분에게 다가가더니 귓속말로 뭐라고 속삭이고는 바로 운전석으로 뒤돌아온다.

아! 그랬다. 귓속말을 듣고 고개를 끄덕이던 그 여성 승객의 손에 커피컵이 들려 있는 것으로 보아서 그녀는 빨대로 커피를 마시고 있었던 것이다. 버스 안에서 취식 음용은 금지되어 있고….

보통의 경우 기사분이 마이크를 통해서 "여자분! 버스 안에서 취식 음용은 안 됩니다." 할 텐데…. 운전 기사분이 멋져 보인다. 공개적으로 주의를 주면 그 여성분이 쪽팔릴까 봐서 하는 배려심에….

반대로, '여기에 버스를 세워 놓고 오줌 누러 가면 어쩌라고?' 그렇게만 생각했던 등애는 혼자서 스스로 쪽팔린다.

나도 멋진 기사분처럼 여인에게 다가가서 귓속말 좀 하고 싶다.

꽃으로 맞아도 아프다

일수도 한 번에
두 번 찍으면 되지

"잔액이 부족합니다."

짙은 검은색 잠자리 라이방을 쓴, 언뜻 보아도 멋쟁이로 보이는 40대 여인이 버스에 오르면서 단말기에 버스 카드를 터치하자 바로 나오는 멘트이다.

순간 살짝 당황한 듯한 표정의 여인이 뒤에 올라오는 승객에게 자리를 비켜 주며 지갑을 열어 보더니 이번에는 당황한 기색이 역력하다.

버스 앞 좌석에 앉아서 그걸 보고 있는 나는 속으로 짐작한다.

'저 여인이 현금으로 계산하려 했는데, 현금이 없는 모양이구나.'

내가 은근히 안타깝다.

한참을 지갑을 뒤적이던 여인이 기사분한테 그런다.

"저, 카드는 안 되나요?"

기사분 말씀이,

"등록되어 있는 카드면 가능합니다."

여인의 카드는 미등록 카드인 듯 여인이 낭패한 기색이다.

버스는 이미 출발해 가고 있고 여인은 이제 버스에서 내릴 수도 없다.

내가 버스요금을 내주고 싶지만 잘못 말을 걸면, 선의의 내 행위가 오지랖이 넓은 놈으로 보이거나 여인에게 수작이나 거는 놈으로 오해를 받을까 봐서 선뜻 나서지도 못하고 망설이고 있다. 난감하다.

한참을 애꿎은 지갑만 뒤적이던 여인이 버스 기사분한테 다가가서 사정을 이야기하는 듯하다. 그러자 기사분이 바로 씩씩한 목소리로 대답한다.

"다음에 타실 때 두 번 찍으세요."

난감함은 대번에 해결되었다. 보고 있던 나도 안도의 숨을 쉬었다.

'그렇지…. 문제 될 건 아무것도 없다. 오늘 못 찍으면 다음에 한꺼번에 두 번 찍으면 되지.'

덩달아 기분이 좋아진 내가 버스 창가에 기대어 밖을 보니 오가는 사람이나 풍경이 평화롭고 여유롭다.

상념 중에 퍼뜩 떠오르는 게 있다.

'오늘이 일수 찍는 날이구나!'

그런데 시방 친구들과의 벙개팅에 나가고 있는데, 집에 일찍 들어오기는 글렀다. 따라서 일수를 찍는 것도 글러 버렸다. 어떤 해결 방법이 없을까?

'오호라. 그러면 되겠구나! 오늘 못 찍는 일수를, 다음에 한꺼번에 두 번 찍으면 되겠구나.'

꽃으로 맞아도 아프다

길을 나서면 도처에 스승이라더니…. 오늘의 나의 스승은 그 버스 기사분이다. 암, 세상 쉽게 쉽게 살아야지.

그런데, 그런데… '일수'가 밀리고 그걸 한꺼번에 두 번 찍는 걸 아내가 이해해 주려나? 버스 기사분처럼 쿨하게….

따님은
제게 맡기시고

"어, 어, 어…!"

잠시 휴게소에 들렀다 벌어진 일이다. 고속도로 휴게소 화장실에서 나오면서, 내가 타고 온 장례식장 버스가 있는 곳으로 향하는데…. 버스가 보이질 않는다.

두리번거려 보니, 버스 한 대가 휴게소 광장을 나서서 고속도로로 진입해 가는 것이 보인다. 내가 타고 온 그 버스이다.

장모님이 돌아가시어 장모님 모실 장지로 가는 중 잠시 휴게소에 들렀다 벌어진 일이다.

급히 버스에 타고 있는 아내에게 전화를 했다. 전화를 받은 아내가,

"어머, 이미… 큰일 났네!"

어쩌고 하더니, 버스를 도로변에 세워 놓고 기다리겠단다. 고속도로 휴게소에 택시가 있는 것도 아니고, 달려서 버스를 쫓아가기에는 버스

꽃으로 맞아도 아프다

가 너무 멀리 갔다.

그것보다도, 8월 염천에 검은 넥타이로 목까지 꼭꼭 여민 정장 차림으로 버스가 있는 곳까지 걸어갔다가는 장모님 따라 나까지 잘못될 판이다.

무작정 휴게소를 빠져나가는 승용차를 세웠다.

첫 번째 세운 벤츠는 들은 채도 않고 슬금슬금 지나쳐 버린다.

두 번째 세운 차는 여자들 두 명이 타고 있었는데, 사정을 이야기하자 이야기를 끝까지 듣지도 않고, "미안합니다." 하고는, 그냥 출발해 버린다.

세 번째는 50대 남자분이었는데, 내 사정을 듣고 내 상복을 보고는 다소 찜찜해하면서 동승을 허락한다. 그렇게 고마울 수가 없다. 복 받으실 겁니다.

아내가 엄청 미안(?)해한다.

좌석이 달라서 내가 당연히 버스에 탄 줄 알았단다. 숙연해야 할 장례 버스 안에 킥킥대는 소리가 들리고 웃음을 참는 기색들이다.

아내의 외가 쪽으로 촌수가 아사무사한 분이 내게 그런다.

"그렇게 내버리면 이렇게 다시 찾아올 텐데…. 자네 마누라가 자네를 아주 내버리기에는 아직은 자네가 조금은 쓸 만한 모양일세. 이렇게 찾아올 수 있을 만큼만 내버린 걸 보면…."

'맞다!'

다른 사람은 몰라도 내가 버스에 안 탔다는 걸 아내가 모를 리가 없다. 만일 몰랐다면, 그건 무관심을 넘어서 사랑이 식은 것이 분명하다.

아내가 나를 내버린 것도 분명하다.

외동딸인 아내가 너무 슬퍼하여 그것이 애처로워 나까지 목이 메긴 하였지만…. 그렇다고 아내가 장모님이 돌아가신 슬픔 때문에 정신이 혼미해서 그런 것 같지는 않다.

그때부터 나도 아내를 골탕 먹일 생각에 잔머리를 굴려 댔는데….

아무리 머리를 굴려도 내 음모가 아내에게 들키지 않게 자연스럽게 아내를 골탕 먹일 묘안이 떠오르질 않는다.

외국 여행을 같이 갔다가 그곳에 내버리고 올까…. 아서라! 외국에 나가면 아내보다 더 어리바리한 내가 오히려 당할 수 있다.

무인도로 낚시나 가자고 꼬셔서 그곳에 버리고 올까…. 그러면 못 나오겠지? 물을 무서워하여 배도 안 타는 아내가 그 유인에 넘어올 리가 없다.

장례를 치르느라 잠도 제대로 못 자서 흐리멍덩한 머리에 기발한 생각이 나올 리가 없다. 머리만 더 아프다.

장모님은 돌아가시면서 유산이나 좀 남겨 주시지…. 유산은 남겨 주시질 않고, 아내를 골탕 먹여야 할 골치 아픈 의무(?)만 남겨 놓고 가시나 그래….

장모님!

어쨌든 장모님이 남겨 주신 의무(?)는 제가 잘 이행할 테니…. 장모님의 따님은 저에게 맡기시고, 편히 영면하세요.

제가 설마 장모님의 귀한 따님을 버리기야 하겠습니까?

꽃으로 맞아도 아프다

2 · 세월은 흘러도

차라리
몽둥이로 때려라

　60대 후반쯤의 허름한 잠바 차림의 남자가 자동 민원기기에서 등기부 등본을 발급받고 있는데, 모피 코트로 몸을 두르고 모자까지 모피로 뒤집어쓴 중년 여인이 이 남자의 옆에서 남자를 향해 계속 구시렁거리면서 주위에서 다 들릴 정도로 지청구를 해대고 있었다. 부부인 것 같았다.

　"내가 미쳐! 무엇 하나 제대로 하는 일이 없어요. 이러니 내가 안 따라왔으면 어쩔 뻔했어…."

　남자는 묵묵부답으로 자동화 기기에 입력을 계속할 뿐이다. 그러다 남자가 무엇을 잘못 입력했는지 여인의 목소리 톤이 높아진다.

　"아니? 아이구! 그거 하나 제대로 못 누르고…."

　무슨 일인가 하고 주변의 시선이 집중된다.

　"벌벌 떠는구만. 떨어!"

　다른 사람들의 시선은 전혀 아랑곳하지 않는다. 옆의 기기에서 등기

　　　　　　　　　　　　　　　　　꽃으로 맞아도 아프다

부 등본을 한 부 출력하고 있던 내가 괜히 민망해진다.

남자가 어찌어찌 등기부 등본을 출력하자, 남편인 듯한 이 남자를 마누라인 듯한 그 여인이 무슨 말인가를 연신 구시렁거리면서 마치 늙은 개를 몰고 나가듯이 모피 코트를 펄럭이며 남자를 앞세우고 출입문을 밀고 나간다.

나는 잠깐 동안 남자의 허름한 입성과 축 처진 좁은 어깨를 떠올리다가 나와는 아무 상관도 없는 그 여인에게 나도 모르게 혼잣말로 욕설이 튀어나왔다.

"싸가지 없는 년!"

남의 부부 사정이야 내 알 수 없지만, 공공장소에서 저 정도이니…. 집에서는 얼마나 서방을 잡도리할까? 은퇴한 남자의 기가 죽어 사는 모습이 오버랩되면서 마음이 짠해진다.

평생을 가정을 위해서, 자식을 위해서 살아오다. 이제는 노년에 이르러 가는…. 아니, 잘 살아온 인생이든 화려하게 살지 못한 인생이든 인생이 황혼으로 저물어 가는 즈음이니, 그것만으로도 노년은 허무하고 슬프다.

하물며 인생 동반자였던 반려의 핀잔과 구박은 남은 생애에 남자에게 어떤 상처로 어떤 의미로 남을까.

"꽃으로도 때리지 마라!"

이 말이 어찌 어린이에게만 해당되는 말이랴! 꽃으로 맞아도, 말로 맞아도, 노년은 노년이라서 더 아프고, 치유할 시간도 모자란다.

꽃으로도 때리지 마라! 이 나이에 화인(花印)이 매 자국으로 기억될까 두렵다. 차라리 몽둥이로 때려라! 남들이 꽃 받고 사는 줄 알라.

태권도 3단아

내가 태권도 3단이다. 요즘은 남자애고 여자애고 어릴 적부터 태권도 도장에 다니지만, 그때는 태권도 하는 놈도 드물었다.

경로당에 가 보면, 남자 어르신들은 왕년에 주먹으로 한가락 했다고 기염을 토한다. 물론 누구도 그 어르신의 과거를 본 사람은 없다.

나도 왕년에 한주먹 했다. 누구에게도 지기 싫은 패기가 있었고 호승심에 몸을 떨었다. 나름 정의감도 있어 불의를 보면 그냥 못 본 척하지도 않았다. 역시 누가 본 사람이 있냐고 한다면 할 말은 없다.

오래전, 늦은 밤 전철 안에서의 일이다.

너덧 분의 중년 남자들이 취중에 떠들어 대는 소란에 전철 안이 도떼기시장같이 시끄럽다. 승객들은 누구도 이들의 고성을 제지하지 못하고(?) 그저 불편을 감수하고 있을 뿐이다.

몇 번을 망설이다 내가 냅다 소리를 질렀다.

"야, 조용히들 해라!"

시비가 붙을 것을 각오하고 소리를 질렀는데, 떠들어 대던 그분들이 본래 점잖은 분들이어서인지 시비도 걸어오지 않았고 시끄럽게 떠들어 대던 소리도 조용해졌다.

나는 참으로 용감(?)했다. 취기가 태권도 3단을 소환했다.

어젯밤, 막차에서 내려 취한 발걸음으로 귀가하는 길이었다. 나처럼 급히 귀가하는 행인이 한 명 멀찍이 보이고, 걸음을 옮기는 내 앞에 가던 길을 멈추고 서서 담뱃불을 붙이는 청년이 서 있다. 그 뒷모습이 내 아들과 너무도 흡사하다.

'성남에 사는 녀석이 이 늦은 시간에 웬일이지?'

걸음을 빨리하여 녀석을 앞질러 몸을 돌려 얼굴을 확인했다. 뒷모습만 닮았을 뿐, 아들이 아니었다. 그냥 귀가 발길을 재촉하는데….

"뭘 보냐? 뒈지고 싶냐?"

희미한 가로등 불빛 아래 서 있는 내 뒤쪽 그 청년이 이빨 사이로 나지막이 내뱉는 말이었다.

갑자기 뒤가 섬뜩해지고 전류 같은 것이 머리에서 발끝으로 찌르르 흐른다. 순간의 선택이 중요하다. 뒤돌아설 것인가. 그냥 가던 길을 가야 하는가?

아! 나는 못 들은 척하고 발길을 재촉하고 있었다.

집으로 들어오는 그 몇 분간 나는 나 자신에 대한 모멸감에 떨면서 술이 다 깨고….

집에 들어와 잠을 청하는데 정신은 더욱 또렷하여 잠을 이룰 수 없었다. 얼굴 한 번 쳐다본 것이 '뒈질 일'이라니….

태권도 3단은 어디 가고 정의감에 불타던 청년은 어디 갔을까?

그랬구나…. 태권도 3단도, 그 정의감도 허세였을 뿐이고 전철 안에서의 그 치기도, 많은 사람들이 있는데 지들이 나를 어쩔 것이냐 하는 치졸함뿐이었구나.

그러나, 그러나… 어젯밤 일이 다시 벌어진다 해도 서글픈(?) 태권도 3단은 모멸스럽지만, '뒈질 짓'은 차마 하지 못할 것 같다.

'사회가 우리를 버려서 우리도 사회를 버렸다.'

옛날 건달들을 흉내 내어 즐겨 부르던 노래 가사인데, 이 미친 사회가 이제는 정말 사회가 우리를 버리려는 모양이다. 연일 강남역 화장실 '묻지 마 살인'의 희생자를 추모하는 모임이 이루어지고 있다.

꽃으로 맞아도 아프다

노털 꼰대

밤 11시가 조금 지난 시간.

친구들과 당구를 친 후, 김치찌개집에서 소주를 마시다가 한 게임만 더 하고 술 한잔 더 하자며 서둘러 자리에서 궁둥이를 들었다.

마침 내 또래가 되어 보이는 서너 명의 중늙은이들이 음식점에 들어선다. 콧수염을 살짝 기른 아직 여드름 자국이 남아 있는, 대학생인 듯한 알바 녀석이 그들을 맞으며 그런다.

"저의 식당은 12시면 끝나는데… 괜찮으시겠어요?"

일차는 이미 걸친 듯한 일행 중 한 명이

"걱정 마라. 그 이전에 일어선다."

고 호기롭게 말하며 의자를 끌어다 궁둥이를 내려놓는다.

알바는 미심쩍어하면서도 물잔을 가져다 놓는다.

12시가 조금 지난 시간.

당구 게임을 끝낸 우리는 호프나 한잔하려고, 그 김치찌개집을 지나친다. 알바 두 명이 문 앞에 나와서 담배를 피우고 있다. 그 녀석들의 대화가 귀에 들어온다.

한 녀석 왈.

"하여튼 '노털'들은 어쩔 수가 없어. 끝난다고 한 게 언젠데…. 아직도 일어설 생각들을 않고 있으니 돌겠다!"

다른 한 녀석 왈.

"그래서 미리 12시에 문 닫는다고 했는데도 저러고들 있으니 어쩌겠냐? 우리 집 '꼰대'도 저럴지 몰라."

허 참! 우리가 젊었을 때 어른들을 칭했던 '노털', '꼰대'인데…. 오랜만에 듣는다. 그 말이 무척 생소하게 들린다.

애들은 우리를 '노털, 꼰대'라고 하는데, 정작 '노털, 꼰대'인 우리는 '노털, 꼰대'가 아닌 척하고 일부러(?) 모르고 있었던 것 같다. 우리는 그 녀석들의 말을 못 들은 척하고 급히 발길을 옮겼다.

어버이날.

아들이 찾아왔다. 봉투를 건네주고는 볼일이 있다면서 돌아갔다.

"누구 아들은 가슴에 꽃도 달아 주고 그리고 밥도 사 주고, 놀이공원도 데리고 가고 했다더라. 아차차, 놀이공원은 빼라."

그러나 이런 말은 차마 하지 못했다.

얼마 전만 해도 어버이날에 밥 먹으러 가자고 하면, '귀찮은데 그냥 봉투나 주고 말지.' 하고 생각했었는데…. 이제는 가족과 저녁이라도

꽃으로 맞아도 아프다

같이 먹는 것이 더 좋은 걸 보니 내가 '노털, 꼰대'가 된 것이 확실하다.

'노털'은 늙은(老) 털이 아니라 'NO털'이란 말로, 털이 없어져 애로 돌아간 철딱서니 없는 늙은이이고, '꼰대'는 세상만사가 배배 꼬인(꼰) 늙은이(大)를 말하는 것 같다. 내 생각이다. 본뜻은 그게 아닌 것 같은데, 어쨌든 좋은 말로 들리지는 않는다.

이참에 어버이날 달랑 봉투만 들고 온 아들에게 '노털, 꼰대짓'이나 제대로 한번 해 볼까나…? 아서라. 그러다가 그 봉투마저도 얄짤없을지 모른다.

하지만, 언젠가 '노털, 꼰대'가 될 젊은이들아.

'노털, 꼰대' 너무 무시하지 마라! '노털, 꼰대'도 제 몫과 제자리가 있는 것이니…. 주인 늙은이가 햇볕 아래에서 지팡이에 의지해 논두렁에 졸고 있어도 모내기하는 일꾼 열 명 몫을 하는 법이다.

그리고 '노털, 꼰대'들아.

젊은이들에게 꼰대짓 좀 하지 말자!

"우리 젊었을 때는 어쩌고저쩌고…. 내 아들 같아서 하는 말인데 어쩌고저쩌고…."

남의 아들은 말할 것도 없고, 내 아들도 듣기 싫어한다.

홍시만 떨어진다더냐

며칠째 전화를 해도 통화가 안 되더니, 통화가 되자 들려오는 목소리에서 어째 평소의 씩씩한 기운이 느껴지지 않는다.

수원에 살고 있는 나와는 객지에서 사귄 친구인데, 음주 가무 쪽으로 나와 코드가 맞다 보니 자주 어울리는 친구와의 통화였다. 얼마 전에 사업상으로 약간의 도움도 받고 하여 한잔 사려고 전화를 해도 받지 않더니 이제야 통화가 된 것이었다.

사실은 한잔 사긴 사야겠는데, 일단 한잔하게 되면 '두주불사형'들이다 보니 1, 2차로 끝날 것 같지도 않고 그걸 감당하자니 주머니 사정도 넉넉지 못하여 이리저리 미루었다는 것이 맞는 표현이다.

저녁 시간 때에 맞추어 친구의 사무실을 찾아갔다.
"야! 왜 이렇게 통화하기가 어렵냐?"

꽃으로 맞아도 아프다

통화가 안 된 것이 순전히 친구의 잘못인 것처럼 짐짓 힐난조로 몰아갔다.

그러자 친구가 힘없는 목소리로

"사실은 뇌경색 증상이 있어서 일주일간 병원에 입원해 있었어. 그래서 걸려오는 전화를 일절 받지 않았네."

하며 의기소침해 하는 모습을 보인다.

이 친구가 약간 비만이긴 해도 평소에 산에도 자주 다니고 운동도 열심히 하였는데 의외다 싶었다.

친구는 앞으로 조심하면 괜찮을 거라 하며 오히려 나에게 술 좀 줄이고 건강 체크하며 살라고 충고를 한다. 일견 친구의 상태가 아주 심각한 것같이 보이지는 않는데, 친구의 말에 의하면 '(중)풍'이 살짝 몇 번 지나갔다고 한다.

"그나저나 한잔해야지."

했더니, 친구가 씁쓰레 웃으며

"그냥 저녁이나 먹자. 네가 저승사자로 보인다."

고 하여 우리는 크게 웃었지만, 친구가 이번에 혼쭐이 제대로 난 것 같았다.

친구와 밥을 먹으며 한잔하지 못하는 것이 내심 서운했지만 그냥 밥만 먹었다. 친구가 당분간 술은 멀리하고 운동이나 열심히 하겠단다.

"그래라. 산에 다니고, 뜀박질하고, 역기 들고… 그런 운동도 중요하지만 별로 힘 안 드는 숨쉬기 운동은 정말 열심히 해라."

친구에게, 그리고 나 자신에게 한마디 했다.

"건강 조심하고 살자! 감나무에 열린 감이 '홍시'만 떨어지더냐? 때로는 '땡감'도 떨어진다."

어디선가 '다른 우리'도 겪고 있을 법한 중늙은이 친구 간의 조금은 우울한 저녁이다.

그런데 문득 내 고향 동창 친구 문석이의 말이 떠오르는 건 왠지 모르겠다.

"옛날 같으면 우리는, 시방 죽어도 호상이여."

꽃으로 맞아도 아프다

바리게이트 앞에 있다

70대 노신사가 짙은 검은색 라이방을 쓰고, 가게 앞 의자에 앉아 핸드폰으로 통화를 하고 있다.

푹푹 찌는 폭염의 날씨인데 구두는 반짝이는 칠피 구두를 신었고, 바지는 격자무늬의 고급스러워 보이는 배꼽바지에 하얀색 벨트를 하고, 울긋불긋한 화려한 반팔 티셔츠를 입고 있다. 예사롭지 않은 폼새에 자연히 눈길이 갔다.

지나치는 중에 핸드폰 통화 소리가 들린다.

"나, 지금 아파트 정문 쪽에 있는 '바리게이트' 앞의 의자에 앉아 있네."

상대방이 재차 어디냐고 묻는 것 같다. 이분의 목소리 톤이 높아진다.

"아, 이 사람아! 지금 '바리게이트' 앞 의자에 앉아 있다니깐!"

수차 '바리게이트' 앞을 강조하시다 보니, 목소리가 커졌다기보다 역정에 가까운 짜증 섞인 소리이다.

내가 아무리 둘러봐도 이분과 20여 미터 떨어진 아파트 정문에 차단기 말고는 바리게이트가 눈에 띄지 않는데, 이분은 계속 바리게이트 앞의 의자에 앉아 있단다.

'아하, 그거였구나!'

주위를 둘러보다 보니 이분이 앉아 계신 곳이… '파리바게트' 빵집 앞의자였다.

이분은 바리게이트에 무슨 각인된 기억이 있는지, '파리바게트'를 '바리게이트'라 부르면서 상대방이 못 알아듣는 것에 답답해하면서 오히려 짜증을 내고 계신 것이다.

이 노신사는 다른 말로 자신이 있는 곳을 설명해도 되련만…. 끝까지 자신의 고집 속에 바리게이트를 쳐 놓고 '파리바게트'를 '바리게이트'로 알고 계속 역정을 내고 있으니…. '내 말이 옳다'는 그 한 가지뿐, 고집을 꺾으려는 생각은 전혀 하지 않는다.

말복이 낼 모레이고 포도는 아지랑이 피어오르듯 열기가 오르는 폭염인데 상대방은 말을 알아듣지를 못하니, 속으로 열이 뻗쳐 내부의 열로 이 노신사분의 머리에 김이 날 판이다.

나는, 내가 그 오류를 알려 드리고 싶어도 그 모습이 너무 재미지고 심술기도 발동되어 그냥 모른 척하고 발길을 멈추고 한참을 구경(?)했다.

아마 세월이 얼마 지나지 않아서의 내 모습이 저러리라.

그때는 또 누군가 나 같은 놈이 고집불통으로 호통을 쳐 대고 있는 나를, 재미있어 하며 심술스럽게 구경(?)하려나….

꽃으로 맞아도 아프다

노인님들아! 전매특허, 그 고집 좀 내려놓고 삽시다요.

하긴 나도, '에베레스트'를 '에레베스트'라고 우기기도 한다. 하지만, 아직은 덜 늙어서인지…. '현빈'을 '원빈'이라고 우기지는 않는다.

전철 안 희화(戱話)

천안으로 가는 전철 안에서이다. 전철이 오산역으로 향하고 있는데, 조용한 전철 안에서 갑자기….

"이거 술 냄새 때문에 견딜 수가 없네."

혼잣말처럼 하는 제법 큰 소리가 들린다. 누가 그러는가 하고 보았더니, 출입문 쪽 좌석의 맨 끝자리에 앉아 있는, 40대쯤의 사내 A가 하는 소리이다.

"야… 이 새끼야! 냄새가 지독하니 다른 데로 꺼져!"

A가 다시 소리를 버럭 지른다.

주의해서 살펴보니, A의 옆에 노동자풍의 역시 40대로 보이는, 사내 두 명이 서 있는데…. 그들 보고 하는 소리였다.

그러자 노동자풍의 한 사람 B가, 조금은 주눅이 들은 듯한 목소리로 A에게 말한다.

"나도 돈 내고 탔어. 냄새 나면 네가 가라."

바로 A의 입에서 쌍소리가 튀어나온다.

"야, 시발 놈아! 나도 돈 내고 탔다구⋯. 냄새나니까 다른 데로 꺼지라구!"

그 소리에 또 B의 친구 노동자 C가 가세한다.

"뭐 이런 새끼가 있어? 너, 죽고 싶으냐?"

A가 벌떡 자리에서 일어나,

"이 새끼들이⋯."

하면서, 손을 들어 C를 칠 듯한 기세를 보이나, 때리지는 못한다. 전철 안이 서로 죽이겠다는 이들의 고성으로 인해 시끄럽다.

이들의 싸움이 흥미진진하여, 한번 제대로 붙기를 학수고대하고 있는데, 정작 드잡이질은 벌어지지 않는다.

그러던 중 A가,

"내 더러워서."

하면서 슬그머니 자리에 앉는다. 싸움이 싱겁게 끝날 것 같다.

그런데 그게 아니었다. C가 앉아 있는 A에게 다가가 기세를 높이는 것이, 한 곤조 한다.

"야⋯ 빙신아, 까불지 마! 사람 우습게 보고 까불다가 뒈지는 수가 있어!"

A가 다시 벌떡 일어서며,

"이번 역에서 내려서 한판 붙자."

하고 소리를 지른다.

"좋다. 나가자!"

C도 물러서지 않는다.

그러던 중 전철이 오산역에 당도했다.

B와 C가 전철에서 내리면서 A에게 내리라고 한다. A가 따라 내렸다. 그들은 서로 욕지거리를 해대 가며 전철의 뒤편 개찰구 쪽으로 향한다. 밖에 나가서 제대로 한판 붙을 모양이다.

전철이 출발하려고 문이 닫히기 직전이다. 개찰구 쪽으로 걸어가던 A가 전철 안으로 폴짝 뛰어서 들어와 버린다. 이윽고 전철의 문이 닫히고, 얼떨결에 A의 행동을 멍하니 바라보던 B와 C는, 닭 쫓던 개가 되어 버렸다.

전철은 이미 출발해 버렸고 다음 전철이 오려면 이들은 추위에 한참을 떨 것이다. 싸움은 거기서 끝났다.

A가 돌아와 자리에 앉으며, 내게 고개를 숙이고,

"소란을 피워 죄송합니다."

라고 한다. 아니, 나에게 그런 것이 아니고 전철 안 승객들에게 그런 것이다.

1대 0! A 승!

그들이 서로 붙자고 큰소리를 치며 전철에서 내릴 때, 순간적으로 나도 내려서, 쌈 구경 좀 해 볼까 하는 생각이 들었다. 옛날의 젊은 혈기 같았으면, 쌈 구경 재미에 따라서 내렸을 텐데….

따라서 내렸으면, 나도 닭 쫓던 개처럼 떠나가는 전철만 바라보며 바람막이 하나 없는 노천의 전철 승강장 북풍한설 몰아치는 최강 한파 속

꽃으로 맞아도 아프다

에서 남의 싸움 구경하려다 다음에 올 전철을 기다리며 개처럼 떨었을
것을 생각하니….

나이 접이나 들어 인내하는 것이 얼마나 중요한지 알겠다.

4월 3일은 내 생일이다

생(生)과 사(死)의 갈림길.

1초도 안 걸린다.

건널목에서, 앞의 신호등만 쳐다보고 신호가 바뀌길 기다리고 있었다. 나의 오른쪽 옆에는 아주머니 두 분이 대화를 하시면서 역시 신호가 바뀌길 기다리고 계신다.

드디어 신호가 바뀌고 건널목으로 들어서려고 발을 드는 순간! 나도 모르게 흘낏 도로의 왼쪽을 보니, 쏜살같이 버스가 달려오는 것이 보였다. 나는 반사적으로 뒤로 물러섰는데….

거의 동시에 꽝 하는 소리에 옆을 보니, 건널목으로 들어서던 아주머니 두 분이 쓰러져 있고 버스는 수 미터를 더 진행하여 멈춘다.

그 모든 일이 순간에 거의 동시에 일어났고 정말 찰나의 일이다. 급히

꽃으로 맞아도 아프다

아주머니들을 살펴보니 한 아주머니는 미동도 하지 않고 의식이 없고, 한 아주머니는 움직임이 있다. 그나마 불행 중 다행인 것은 버스의 정면에 부딪치지 않고 옆면에 부딪쳐서 끔찍하고 참혹한 상황은 면한 듯싶었다.

사람들이 몰려들고 경찰과 구급차가 당도했다. 볼일이 급했던 나는, 경찰을 불러 목격자의 진술이 필요하면 연락하라고 연락처를 알려 주고 자리를 떴다.

두 발로 대지를 밟고 공기를 마시고, 사랑하는 사람을 만날 수 있다는 데 감사했다.

우중충한 날씨조차 봄날의 따뜻한 햇살이 비추이는 듯 보이고 오늘 저녁 마시는 술은, 시진핑이 김정은에게 대접했다는 2억 원짜리 '마오타이'보다 더 감미로울 것이다.

다 감사할 일이다. 눈에 보이는 모든 것을 사랑해야지. 사랑도 후회 없이 해야지. 예수님, 부처님, 알라에게도 감사해야겠지….

4월 3일은 다시 태어난 내 생일로 해야겠다.

병원 단상

세상에 태어나서 가고 싶지 않은 곳이 거기더라.

거기는, 곧 천둥번개에 비라도 곧 쏟아질 것 같은 우중충함이 넓게 분포되어 있어 어깨를 짓누르는 곳.

정체 모를 우울함이 꺾어진 복도 어디선가 불쑥 튀어나올 것만 같은 곳. 왠지 소리 내어 웃어서는 안 될 것 같은 곳.

"643번 고객님, 7번 엑스레이실로 오세요."

마눌님의 휠체어를 밀고 와서 엑스레이를 찍으려고 번호표를 뽑고 기다리고 있는 내가 '643번 고객'이다.

여기 대기하고 있는 환자나 가족들. 누구도 웃는 얼굴을 찾아볼 수 없다. 순서를 기다리는 '고객'만 있을 뿐⋯. 병원에서는 환자와 그 가족을 고객이라 부르는구나.

꽃으로 맞아도 아프다

나는 병원이 싫다. 병원의 고객이 되는 것도 싫더라. 어서 빨리 이 병원을 나서야지. 이곳은 내가 있을 곳이 아냐.

병원과 공통점이 있는 곳, 경찰서와 감옥.

병원에 가 보면 세상에는 환자만 있는 것 같고. 경찰서와 감옥에 가 보면 세상에는 강도, 도둑, 사기꾼, 나쁜 놈들만 득실거린다.

다시는 들어가지 말아야지…. 그러나 가는 놈들은 또 들어가는 곳. 나는 그곳도 싫더라.

병원 입원실 7층 창문에서 밖을 보니, 봄바람을 타고 이름 모를 나비 한 마리 날아오른다.

'아… 병원 베드에 누워 있는 자. 저 나비 한 마리의 자유로움이 경이롭지 않은가!'

병원에서 퇴원하니, 봄바람 타고 천지에 나비가 눈에 자주 보인다.

'아… 병원 밖에서 보는 나비는, 그냥 나비일 뿐이구나.'

사람의 마음이 조석지변(朝夕之變)이다.

청춘이 간다

청춘(?)이 저만치 가네. 아침저녁으로 가을바람 불어오고 곧 북쪽에서 찬바람 불어올 것이니 내 청춘(?)도 스산스럽다. 백로이다.

친구들의 똥구멍에 뽐뿌질을 했다. 친구가 운영하는 가평의 펜션에 가서 청춘(?)이 하루라도 더 지나기 전에 일박 하면서 술이나 퍼 마시다 오자고…. 가을바람에 심난한 마음을 드러내지는 않았다.

불 냄새 짙게 밴 숯불 석쇠구이 삼겹살에 자정이 넘도록 소주를 퍼 마시고, 새벽 4시가 넘도록 고스톱을 치며 술잔을 기울이고, 오전 9시가 넘도록 퍼질러 잤다.

세월은 덧없이 흐르고 젊음 또한 속절없으니 서산마루 지는 해를 어찌 잡아 둘 수 있으랴. 청춘은 못 본 척 뒤돌아보지도 않는다.

진시황이 순시 중에 만리장성을 축조하는 책임관이 보고를 한다.

꽃으로 맞아도 아프다

"폐하! 해가 한 뼘 길이만 더 있어 주면 오늘 중에 만리장성을 완공할 수 있는데 해가 서산에 지려 하고 있어 오늘 중으로는 완공이 어렵겠나이다."

진시황이 대노하여, 벌떡 일어서며 지는 해를 보고 소리쳤다.

"저놈의 해, 게 섰거라!"

일설에 의하면, 그 소리에 놀란 해가 한 뼘 뒤로 물러섰다는 설이 있고 다른 일설은 해가 벌벌 떨면서 한 뼘 갈 시간동안 그 자리에 그대로 있었다는 설이 있는데 어느 것이 맞는지는 모르겠다. 물론 만리장성은 그날 완공되었다 한다.

22세에 왕에 오르고 39세에 중국 천하를 통일했던, 지는 해를 지지 못하게 했던 그런 진시황도 불로초를 구하지 못 하고 50세의 나이에 죽고 말았으니….

오호라! 하물며 내가 어찌 가는 세월을 잡을 수 있으랴. 이미 계란 두 판도 더 지난 나이가 되었으니….

내 청춘(?)이 속절없음은 섧지 않으나, 내 젊은 날의 그녀들도 시들어 가고 있을 터. 그녀들의 청춘(?)마저 시나브로 사그러듦은 너무 애달프다.

세월아, 그녀들 곁에서만은 비껴가 주려무나.

뿌린 대로 거두리니

부동산 중개업을 하고 있는 친구로부터 전화가 왔다. 술을 한잔 사겠다면서 목소리가 밝다.

기꺼이 만나 주었다. 얼마 전까지 요즈음 부동산 경기가 좋지 않아서 사무실 운영도 어렵다고 한숨을 토해 내던 친구가 시키고 싶은 안주 있으면 얼마든지 시키라며 2차도 쏘겠다고 폼을 잡는다.

기분 좋게 술을 마시며 친구가 털어놓는 사연은 이랬다. 몇 년 전 고향 친구가 사업 자금을 빌려 달라고 해서 조금씩 조금씩 돈을 빌려주었는데 그 금액이 꽤 많은 돈이 되었고, 그러다 보니 그 돈도 자기 돈뿐이 아니라 주위 사람들에게 빌려서까지 해 주게 되었다는 것이다.

그런데 결국 친구의 사업은 부도가 나 버렸고 빌려준 돈은 포기할 수밖에 없어 자신도 덩달아 빚쟁이가 되어 계속 어려울 수밖에 없었다는 것이다.

꽃으로 맞아도 아프다

그런데도 친구는 고향 친구인 그 친구를 멀리하지 않고 위로하고 격려해 주며 친구로서 만나고 평소처럼 늘 변함없이 지내 왔다는 것이다. 친구의 말은 그랬다.

"돈 잃고 친구까지 잃으면 더 손해 아니냐?"

그런데 한 달여 전, 돈을 빌려 갔던 그 고향 친구가 찾아와서 평택시 인근 임야의 매물을 소개하였는데 그것이 매매가 성사되었고 그 땅덩어리가 크다 보니 중개 수수료가 꽤 짭짤하였다는 것이다.

그래서 매입자 측에서 받은 중개 수수료는 친구의 수익이 되었고 지주 측에서 나온 수수료는 고향 친구인 그 친구가 챙겼다는 것이다. 그래서 기분이 좋은 친구가 한잔 사는 것이었다.

평소에는 헤벌레하고 마음만 좋게 생겨 가지고 담배만 줄창 빨아 대어서 내가 폐암 걸려 죽는 수가 있다고 담배 좀 끊으라고 하면 마지못해 담배를 비벼 끄며 살 만큼 살았는데 뭐 어쩌고 하면서 중얼대던 친구가, 얘기를 듣고 보니 새삼 현명하고 대범한 인물로 다시 보였다.

고향 친구한테 빌려주었던 그 돈은 받았느냐고는 물어보지 않았다. 뿌린 대로 거둘 터인데, 뭐….

1970년대 말 겨울 엄청 추운 날.

동부전선 전방의 어느 부대 내무반 01:00경. 막 초병 근무를 교대하고 들어온 '신일병' 내무반 '페치카(뻬치카)'의 난방 열기로 몸이 녹기도 전, 군장을 해체하기도 전에 페치카 옆에 누워 있던 고참병이 신일병을 부른다.

"야, 신일병! 라면 좀 끓여 와라."

하면서 꼬불쳐 놓았던 라면을 하나 던진다.

고참병은 며칠 후면 전역할 사람으로 내무반 최상석인 페치카 옆에 누워 있으면서도 잠을 못 이루고 뒤척이고 있었던 모양이었다.

이제 막 이등병을 벗어난 쫄따구 신일병이 워커를 벗을 틈이 어디 있나? 총알같이 라면을 받아 들고 항고(군대 반합)를 찾아서 페치카의 화로에 라면을 끓이러 간다.

그러면서 퍼뜩 약이 오르고 오기와 심술이 뇌리를 스친다. 힐끗 고참병을 바라보니 고참은 모포 속에 누워 등을 보이고 누워 있다.

신일병의 눈에는 페치카 위에 놓여 있는 물통이 보였다. 이 물은 허드렛물로 사용하기 위해 항시 데워져 있는 물로 겨우내 뜨거운 물을 조금씩 퍼 쓰고 또 물을 부어 놓곤 하여 오물통 물이나 다름없는 도저히 식수로는 쓸 수 없는 물이었다.

신일병은 재빠르게 항고로 그 물을 퍼서는 거기에 라면을 끓였다. 그러고는 태연히 끓인 라면을 고참병에게 대령하였다.

라면을 먹고 있던 고참병이 이제야 막 워커 끈을 풀고 있는 신일병을 부른다.

"신일병, 수고했다. 이리 와서 같이 먹자!"

"괜찮습니다."

그러나 어느 안전이라고 두 번 세 번 사양할 수 있겠나. 신일병은 그 라면을 황송한 몸짓으로 끝까지 같이 먹을 수밖에 없었다.

제대 말년이라 입맛이 없었던지 고참병이 다시 은혜를 베푼다.

"밖에서 몸이 많이 얼었지? 이 국물 다 마시고 몸 좀 녹여라!"

꽃으로 맞아도 아프다

신일병도 세월이 흘러 고참이 되었고, 어김없이 전역을 하여 그 군 생활의 추억을 가끔 얘기하곤 하지만…. 그때 그 라면 끓일 물에 가래침까지 뱉었다는 소리는 끝까지 함구하는 것 같았다.

　다시 안 먹겠다고 침 뱉은 우물물. 자기가 다시 먹게 되고…. 뿌린 대로 거두게 되리니.

누가 살아 있음을 말하랴

핸드폰을 받자마자 마눌님의 숨넘어가는 소리가 들린다.

"나 죽어. 빨리 와!"

그러고는 내 대답도 듣지 않고 핸드폰이 끊어진다. 불길한 예감에 다시 발신 버튼을 누르자 마눌님의 전화에서 처음 듣는 젊은 여자의 목소리가 다급하게 들린다.

"옆집 딸인데요. 아주머니가 저희 집 문을 두드려 나가 보니 아주머니가 사색이 되어 숨을 잘 못 쉬시고 고통스러워하시네요."

다짜고짜 119에 구급차를 신청하고 택시를 잡아탔다. 가는 도중 전화를 해 보니 구급차가 강남 세브란스 병원으로 간다 한다.

응급실에서 마눌님이 등과 가슴의 통증을 호소하며 옷이 다 젖을 정도로 땀으로 범벅이 되어 고통스러워한다.

어찌어찌하여 악몽 같은 시간이 흐르고 검사를 마쳤는데, 의사인지 간호사인지가 자기들 간의 대화에서 '대동맥 파열'이라는 소리가 들린다.

급히 핸드폰으로 인터넷을 검색했다. '대동맥 파열' 급히 수술을 요하며… 수술 중에도 20% 정도 사망. 도끼로 찍는 듯한 생애 최고의 고통이 있음.

앞이 캄캄해진다. 대전에 있는 아들에게 급히 연락했다. 그리고 잠시 후 아들의 떨리는 목소리가 핸드폰을 통해 들려온다.

"검색해 봤는데… 저, 지금 무지 무서워요. 아버지, 지금 바로 올라갈게요."

아직 검사 결과를 듣지 못했으니 좀 기다려 보자고 했더니, 아들이 지청구를 해 댄다. 왜 서울대병원으로 가지 않았느냐고….

의사가 설명하기를, 병명이 '대동맥 박리'이고 당장 수술하지 않아도 될 듯하니 중환자실에 입원해 있다가 아침에 교수님의 결정이 있을 것이라고 한다. 더 이상의 동맥 파열은 없었고, 피를 말리는 시간은 지나갔다.

10여 일 입원 후 퇴원했고 약물 치료로 현 상태를 유지하면서 이제는 외래로 경과를 보아 가면서 상황에 따라 스탠드를 심는 시술을 해야 할 수도 있다 한다.

살아 있는 자, 모두 살아 있는 자 아니니…. 삶과 죽음을 어찌 알 수 있겠으며, 누가 살아 있음을 말하랴. 새삼 살아 있는 현실이 고맙고, 살아온 영욕의 세월이 부질없이 느껴졌다.

외견상 멀쩡한 마눌님을 모시고 외래 예약 날짜에 병원엘 갔다. 다행히 병의 악화는 없지만, 경과를 계속 관찰해 봐야 한단다.

아들에게서 전화가 왔다. 경과를 말해 주었더니 다소 안심하며 그런다.

"아버지가 고생이 많으시네요. 제가 어머니를 모시고 다녀야 하는데…. 저도 가빈이를 데리고 몇 시간씩 병원에 있어 봐서 아버지 고생하시는 거 다 알아요."

이에 내가 조크랍시고 한마디 했다.

"너는 네 딸이니까 고생한다 치고, 나는 내 딸도 아닌데. 내가 웬 고생인지 모르겠다. 아들 없는 엄마도 아니고…."

꽃으로 맞아도 아프다

여인으로 태어나서

사람들이 부딪치어 걷기조차 힘든 도시의 포도 위로 여승 한 분이 지나간다. 삭발하고 가사를 걸치었는데 그 얼굴과 자태가 너무도 곱다. 행인들 중 열에 아홉 명은 뒤돌아 쳐다본다.

아! 전생에 어떤 업이 있어 저리도 고운 여인이 비구니가 되었을까? 현생에 어떤 사연이 있어 모든 인연 떨쳐 버리고 출가의 몸이 되었을까나?

사연이야 없을까마는 여인의 몸으로 태어나 고운 자색 다 버리고 고행의 길을 택한 삶이 필부의 눈에는 아깝다.

나는, 다음 생에 태어나는 연(緣)이 있다면 여인으로 태어나고 싶다.
현생에 남자로 살아 보았으니…. 내 마음대로 태어날 순 없겠지만 어떤 여인으로 태어나면 좋을까?

우선은 태어날 때 부모를 잘 만나야겠다. 재벌의 상속녀인 미모의 재벌 2세. 참 팔자 좋겠다. 하지만 별 재미는 없을것 같다. 연애도 마음대로 못 할 것 같고….

그렇지. 여자이니 이왕이면 미녀로 태어나는 것이 좋겠다. 이쁜 게 최고지, 뭐…. 이쁘면 모든 게 용서된다고도 하지 않나?

아니, 이쁘기만 한 것도 너무 밋밋하다. 그냥 적당히 이쁘기도 하고 인기 절정인 여배우나 소녀그룹은 어떨까?

그것도 좋기야 하다마는 요즘은 대세가 뭐니 뭐니 해도 스포츠 스타이다. 국민적 사랑을 한 몸에 받고 거기에 이쁘기까지 한 스포츠 스타가 좋겠다. 돈은 또 얼마나 많이 버는가? 꽤 괜찮을 것 같다.

정치적 감각이 있는 미모의 지도자나 또는 공부를 잘해서 모든 고시를 수석으로 나온 재원은 어떨까? 에이… 그건 안 되겠다. 국민들로부터 욕은 얼마나 먹겠으며 무엇보다 그 머리 아픈 공부를 절대로 하기 싫다.

어쨌든 이 모든 바람에는 이뻐야 된다는 것이 전제되어야 한다. 그런데, 그런데… 내가 여자로 태어나고 싶은 바람은 정말로 그런 것 때문이 아니다.

만약에, 만약에… 내가 정말로 여자로 태어난다면…. 천호동에서 한강을 건너 종로에 이르러 다시 한강을 건너와서 영등포를 지나 목동을 훨씬 더 지나서까지 내가 좋다는 멋진 남정네가 있다면….

다 줄 생각이다. 닳는 것도 아니고, 뭐…. 얼마나 멋진 가슴 뛰는 신나는 일인가? 이 모든 바람이 이루어진대도 제일 중요한 것은 건강이 뒷받침되어야 한다는 것이다.

중국 4대 미인의 한 사람인 춘추전국시대 서시는 물고기가 그녀를 보

꽃으로 맞아도 아프다

고 넋을 잃어 헤엄치는 것을 잊고 바닥에 가라앉았다 하여 '침어(沈魚)'라 불리던 미인이다.

서시는 찌푸린 것조차 너무 아름다워 당시 세간에는 찌푸리고 다니는 것이 유행이었다 할 정도였다 하는데…. 사실은 서시는 가슴앓이 통증이 있어 저절로 눈살을 찌푸렸다는 것이다. 오래 살지는 못했을 것 같다.

그녀, 아름다운 그 여승은 여인으로서 이런 많은 바람의 삶을 포기했을 터. 내 마음이 더 아련히 아파 오는 건 내가 남자이기 때문일까?

어쨌든 내가 다음 생에 여인으로 태어나면, 다 죽었다. 남자들은… 다 주어야지(잡아먹어야지).

아름다운 그 여승은 이 늦은 밤 해탈을 찾아 어디로 향하실까?

니들 그러는 게 아니다

승객 몇 사람이 서 있을 뿐. 전철 안이 콩나물시루는 아니다.

내 옆자리에 청년과 아가씨가 앉아 있다. 70 중반은 휠 드셨을 것 같은 어르신이 타시더니 좌석을 찾아 두리번거리시다 빈자리가 없자 내 앞에 서신다.

반사적으로 일어나 자리를 양보하려 옆자리를 보니, 청년은 팔짱을 끼고 자는 척하고 있고 아가씨는 핸드폰 놀이를 하며 못 본 척하고 있다.

나도 그때부터 죽은 척했다. 누가 끝까지 자리를 양보 안 해 주나 보자. 나도 끝까지 자리를 고수해야겠다. 오기가 발동해서 세속오계의 임전무퇴 정신으로 계속 죽은 척했다.

청년은 독도를 지키는 것보다도 삼팔선을 지키는 군인보다도 더 확고하게 요지부동의 자세를 유지하고 눈을 감고 있고, 아가씨는 적정을 탐

꽃으로 맞아도 아프다

색하는 듯이 한 번도 눈동자를 돌려 주위를 돌아보지 않고 핸드폰을 노려보고 있다.

그러다, 그러다… 결국 두 번째 전철의 문이 열릴 때 내가 일어서고 말았다. 임전무퇴는 개뿔! 허망하게 무너지고 말았다. 일어난 그 자리에 서 있으면, 어르신이 미안해할 것 같아서 전철 안 끝으로 자리를 옮겨서 서서 갔다.

내 나이가 몇이지?

내 나이가 어때서? 서서 가기 딱 좋은 나이인데….

청년아, 아가씨야! 너희들 늙어 봤냐?

나는 젊어 봤다. 그리고 내 젊었을 때는 늘 전철 안에서 서 있었다. 튼튼한 두 다리로…. 니들 그러는 게 아니다.

아무개가 아무개를 낳고

"아무개가 아무개를 낳고
아무개가 아무개를 낳고
아무개가 아무개를 낳고….."
어디 성경에서 본 것 같다.

초저녁. 다섯 살인지 여섯 살인지 확실치 않다. 아버지 다리를 베고
자고 있는 꼬마의 귀는 열려 있다.
"이 애는 앞으로 살아감이 어떻겠나?"
아버지의 말씀에 객이 대답한다.
"이 애는 매우 영특하고 총명합니다. 하지만 명(命)이 길지 못합니다."
아버지의 말씀이 이어진다.
"어떤 '뱅이' 할 방법이 없겠는가?"

꽃으로 맞아도 아프다

"하늘이 준 명(命)을 이을 방법은 없고…. 살다 보면 운명은 몇 번이고 바뀔 수 있으니 그것도 팔자겠지요."

하룻밤 유숙을 청하여 숙식을 제공해 주어서 우리 사랑채에 유(留)하는 과객과 아버지의 대화이고, 그 옆에 잠들어(?) 있는 꼬마는 '나'이다.

훗날 알았지만, 그 과객은 자주 우리 사랑채에 유하였다 가는 과객으로 묘자리도 봐주고 사주팔자도 알은체하여 사례비로 소소히 금품을 챙기곤 하는 찌그러진 갓 쓴 풍수쟁이로, 인근에서는 그를 폄하하여 '작대기 지관'이라 명명하던 사람이었다.

어쨌든, 비몽사몽간에 두 사람의 대화를 엿듣게 된 꼬마의 엄청난 고민은 심각하고 무서웠다.

'일찍 죽다니…. 죽게 되면 무덤에 묻힐 텐데, 그 속에서 얼마나 어둡고 답답할까? 숨은 어찌 쉴까? 엄니도 볼 수 없고….'

그 후로 세월은 쉼 없이 흘러 그 꼬마가 장년이 되었을 때 꼬부랑 할머니가 된 엄니에게 그 옛날 그 꼬마의 사연을 털어놓았더니, 엄니는 이미 불혹의 나이를 넘어서 그 옛날이야기가 재미스러워진 아들을 안심시키려 안간힘을 쓰시었다.

"자네는 이미 죽을 고비를 여러 번 넘기어 이미 명(命)을 다 이었네. 아마 백수 할 거네."

그럴 것이다. 할아버지가 아버지를 낳고 아버지가 나를 낳고 내가 아들을 낳고 아들이 손녀를 낳아 돌이 지났다.

아버지가, 그리고 엄니가 나를 사랑하고 염려하였듯이 내가 아들을 걱정하고 손녀가 사랑스럽고 그들이 또 그럴 것이고….

꿈은 이루어진다

"저 친구가 왕년에 한가락 하던 친구였어."

술자리에서 오늘 처음 만난, 내 친구의 친구가 화장실에 가자 내 친구가 하는 말이다.

"어떻게 한가락 했는데?"

"소도시인 고향에서 주먹으로는 저 친구를 당할 사람이 별로 없었지. 그렇다고 조직이나 뭐 그런 건 아니고…."

그러고는 부연해서 그 친구의 이력을 이야기한다.

"학교 다닐 때 공부는 잘 못했지만 운동은 못하는 게 없었어. 자연히 학교에서는 짱이었지. 저 친구의 꿈이 옛날로 얘기하면 검을 휘두르는 무사가 되는 거였어. 지금으로 말하면 군인이나 경찰 뭐 이런 직업을 꿈꾸었던 거지."

"그래서 그대로 되었나?"

꽃으로 맞아도 아프다

"그게 세상사가 마음대로 되냐? 폭행으로 법무부 밥 좀 먹곤 하더니 그 꿈은 물 건너갔지."

부쩍 그의 인생사가 궁금해져서 내가 다시 물었다.

"지금은 뭘 하는데?"

"망우리 쪽 어디에서 마누라와 조그만 정육점을 하는데 그냥 그렇고 그렇게 사는가 봐."

화장실에서 돌아온 그 검객 친구가 호기롭게 한마디 한다.

"새로운 친구(나)도 만났고 2차는 내가 쏜다."

나는 이날도 어김없이 자정을 넘기고 말았다.

꿈은 이루어지는구나.

젊은 시절의 꿈이 검을 휘두르는 무사가 되고 싶었던 그 친구는 결국 정육점에서 칼을 쓰고 있으니….

세월이 하 수상하여 그리되었지만 옛날 조선 시대 같으면 어전 호위 무사 정도는 될 수도 있지 않았을까?

내 젊었을 적 꿈은 무엇이었나? 너무 희미해져서 기억도 잘 나지 않는다. 아마… 이쁜 각시 얻어서 알콩달콩 사는 게 꿈이었을까? 이 나이에도 아내가 이뻐 보이는 것이 나도 꿈은 이룬 것 같다. 뭐 거창한 꿈이 이루어져야 꿈이 다 이루어진 것이냐.

내일은 처와 아들 내외 손녀 다 거느리고, 아득한 그 옛날 꿈처럼 떠오르는 내 고향 설날 찾아 아버님 어머님 묘소에 인사하러 가니…. 나물 먹고 찬물 마시고 이 쑤시어도, 사나이 이순 넘어 이러면 족하다.

일나그라!

봄이다!
떨치고 일나그라!

어젯밤 그녀들과의 악음(樂飮)이 좀 과하였는지
아침을 먹고 곧바로 침대로 몸을 던졌다가…
심기일전하여 스프링처럼 일어나
여의천으로 경보를 나섰다.

누렇게 누워 있던 풀들이
초록색을 입으며 몸을 일으키고 있고
천(川)을 달리는 물소리는 낭랑하다.

꽃으로 맞아도 아프다

서니 앉고 싶고
앉으니 눕고 싶어질 때가 아니다.

이제는, 누우니 앉고 싶고
앉으니 서고 싶고
서니 걷고 싶어야 한다.

포레스트 검프처럼 맨발의 기봉이처럼
뛰지는 못해도 걷고 또 걸어야 한다.

특히, 남자들아!
봄이다.
일나그라!
용불용설(用不用說)을 아느냐?
어째 표현이 좀 거시기하다.

동창 모임 변천사

77세 연세의 나의 형님의 말씀이시다.

"그 친구가 암 말기라는데…. 살기는 힘들 거여. 우리 친구들도 하나 둘 갈 나이 아닌감."

남녀 20명 안쪽으로 모이는 형님의 시골 국민학교 동창회 모임이다. 소주는 10병 정도 마신다. 60대 후반의 나이대이다.

70대초 초중 동창회.

모이는 인원은 15명 정도(여자들이 더 많음).

"그 친구 애들은 다 여의었나?"

"두 놈 다 아직 미장가지. 애들이 40이 넘었지 아마…."

술은 7~8병 정도 마신다.

꽃으로 맞아도 아프다

70대 중반을 넘어 동창회.

인원은 조금 줄어 10여 명(여자들과 거의 동수).

"나는 내가 죽으면 화장하라고 했네."

"우리는 지난달에 가족묘지로 다 이장했어. 나는 애들한테 그 걱정은 덜어 주었네."

술은 5병도 못 마심.

"이제 술 1병만 마시면 힘이 드네."

"의사가 술 끊으라고 했어."

이왕이면 더 큰 잔에 술을 따르고, 이왕 만난 것 끝까지 가 보자!

남녀 31명이 모인 우리 중딩 동창 1차 모임이 엊그제 오후 5시에 시작되어 8시가 넘어서야 어렵게 엉덩이를 든다.

홍안의 15세 소년 소녀가 흰 터럭이 더 많은 60대 중반의 할배 할매가 되어 술잔을 부딪치면서 헤어지기를 아쉬워한다.

그 후로도 2차 노래방.

또 남은 친구들은 3차 그리고 4차까지 이어지면서도 아쉬움은 그대로이다. 아직은 흰머리 소년인 것이다.

그래. 한 살이라도 젊었을 때 더 만나고 한 잔이라도 더 마실 수 있을 때 퍼 마시자. 오늘은 늙으신 니들이 왜 이리 이쁜 여자로 보이냐….

어느 친구가(믿음이 깊으신) 그런다.

"이제 우리도 동창회에서 이런 무절제한 음주 문화는 고쳐야 한다."

그 말이 옳다는 친구도 여럿 된다. 발언권이 쎈 내가 썰을 풀었다.

"술도 좋지만 친구들이 좋으니 마시는 거 아니냐. 근력 떨어지면 마시고 싶어도 못 마신다. 뭘 고치고 말고 하냐? '고침단명'이다. 고치면 죽는다."

옛말에도 있다. 죽을 때가 되었나? 왜 마음이 변했디야…. 그러니 그냥 하던 대로 하고 살자. 엄청 호기롭다.

허나, 세월은 지금보다도 더 빨리 흘러 사사오입 하면 곧 70세가 될 터이고 나의 형님같이 70대 후반이 곧이다. 동창회 변천 풍속도도 형님들의 모습을 닮아 갈 것이고….

그래도 생로병사에 너무 떨지 말고 하던 대로 하자. 서울이 무서워 과천서부터 기지 말고…. 영원히 눈 못 뜰까 봐서 잠 안 잘 수 있간디?

고침단명(高枕短命)은 베개를 높이 베면 명이 짧다는 말인 것 같은데 무식한 내가 '고치면 죽는다'고 했으니 그 무식이 조금은 쪽팔린다.

꽃으로 맞아도 아프다

서로 기대지 말고
살자

종로3가로 향하는 3호선 전철 안.

젊은 아주머니 옆 좌석 두 석이 연이어 비어 있길래 냉큼 젊은 아주머니 옆으로 앉았다. 조금 있으니 내 오른쪽으로 덥수룩한 중늙은이가 앉는다.

얼마 지나지 않았는데 아주머니가 까닥까닥 졸더니 고개를 반쯤 숙인 채로 내 어깨에 머리를 기댄다. 은근 불편(?)스러웠지만, 젊은 아주머니라서 그냥 어깨를 내주었다. 젊고 이쁜 아주머니인데 뭐, 안 기대도 기대라고 할 판인데….

그런데, 어랍쇼! 이번에는 오른쪽 중늙은이가 고개를 반쯤 뒤로 젖히고 입을 헤 벌린 채 또 내 어깨에 머리(대가리)를 처박는다.

양쪽 어깨가 무겁다. 난감하다. 그렇다고 벌떡 일어나서 서서 가기도 그렇고…. 몇 번 슬그머니 밀어내려는 제스처를 써 보았지만 효과가 별

무이다.

중늙은이를 확 밀어내려면 아주머니도 내 어깨에서 떨어져 나갈 것이고…. 목적지에 도착할 때까지 엄청 신경이 쓰일 판이다. 그러다가 심통스러운 생각이 퍼뜩 떠오른다.

'옳지! 종로3가에서 내릴 때 갑자기 벌떡 일어서야겠다. 그러면 양쪽의 남녀가 기울였던 쪽으로 쓰러지면서 박치기를 하겠지?'

속으로 그때를 상상하면서, 웃음이 실실 나오고 기분이 좋아진다.

드디어 전철이 종로3가역에 들어서고 있다. 바짝 긴장하여, 벌떡 일어날 타이밍을 재고 있는데….

이런 제길! 양쪽 두 사람이 번쩍 눈을 뜨더니 나보다 먼저 홀딱 일어서 버린다.

두 사람이 이미 음흉한 나의 속을 눈치채고 있었던 것이 틀림없다. 나쁜 짓을 하려다 들킨 어린애처럼 혼자 민망스럽고 머쓱하다.

'우리 서로 기대고 도와주면서 살자!'

개뿔! 니들끼리나 기대고 도와주고 살지, 왜 가운데 낑긴 나한테만 기대냐. 기대길?

꽃으로 맞아도 아프다

그런 때도 있었지…
스쿼트

그때도 지금처럼 한여름 오후 늦은 시각. 조그만 폐기물 사업을 하고 있는 김 사장 사무실에 갔다.

마침 김 사장과 마 상무가 있었다. 김 사장과 마 상무는 친구 사이로 동업으로 사업을 하고 있었는데, 그냥 편의상 김 사장, 마 상무로 호칭하고 있었다. 나 또한 그들과 친구 사이로 일이 있어 만나는 게 아니라, 수시로 어울려 한잔하는 허물없는 사이이다.

조금 후에 다른 친구도 찾아오고, 이런저런 얘기 끝에 헬스에 관한 얘기가 오갔는데, 김 사장이 말했다.

"앉았다 일어섰다를 몇 번이나 할 수 있나?"

"오십 번은 문제없다. 백 회는 하겠지."

각자 자기 얘기를 하는데, 마 상무가 그랬다.

"그것밖에 못하냐? 나는 삼백 번은 하겠다."

우리는 공갈치지 말라고 마 상무를 몰아세웠다. 마 상무는 할 수 있다고 우긴다. 김 사장이 제안했다.

"내기하자. 마 상무가 300회를 하면 내가 오늘 저녁 산다. 마 상무가 300회를 못하면 물론 마 상무가 사야 하고."

마 상무가 호기롭게 동의하고, 허리에 손을 얹고 앉았다 일어섰다를 시작했다. 100번까지 하는 데 거칠 것이 없다. 우리는 저러다 정말 300회를 하겠다 싶은 생각이 들었다.

의자에 앉아서 이를 보고 있던 김 사장이, 책상 위에 발을 떠억 올리더니 카운트를 한다.

"백스물, 백스물 하나⋯."

때로는 가끔 제동도 건다.

"에이, 이번 것은 무효! 더 앉아야지."

김 사장은 담배를 물고 연기를 뿜어 대며 여유로운 표정으로 카운트를 하고⋯. 마 상무는 회가 거듭할수록 힘든 모습이 역력하다. 그러나 이를 악물고 느린 속도로 앉았다 일어섰다를 계속한다.

땀을 비 오듯 흘리며 드디어 결국 마침내 종당에는 300회를 끝냈다. 우린 모두가 박수를 치며,

"야! 대단하다!"

하는 중에⋯ 김 사장이 탁자에서 발을 천천히 내려놓으면서, 거만하게 아무렇지도 않게 한마디 한다.

"밥 먹으러 가자."

허망했다. 마 상무가 낑낑대며 죽을힘을 다해 300회를 마치고, 다리가 후들거리는 결과 치고는⋯. 뭐, 어차피 이런 내기 없어도 김 사장이

꽃으로 맞아도 아프다

저녁은 살 것인데….

우리는 발이 꺾이며 휘청거리는 마 상무와 함께, 소양구이로 유명한 '새골목식당'에서 좀 비싸게 한잔했다. 술자리가 끝나고, 김 사장이 계산을 위해 카운터로 갔다.

뒤편에 서 있던 마 상무가 식당 주인에게 말했다.

"이분이 저의 회사 사장님이신데…. 지난번 제가 외상했던 것도 함께 계산해 받으세요."

하고는 먼저 밖으로 나가 버렸다. 꼼짝없이 그 외상값까지 김 사장이 지불할밖에….

몇 년 전 얘기인가?

25년도 더 지난 내가 원주에 있을 때 이야기이다. 이 여름 그 친구들이 참 많이 보고 싶어진다. 마 상무도 이제는 300회는 어림도 없겠지.

혼술을 하며
주저리주저리

냉동실 문을 열어 보니….

'옳지! 이걸로 혼술 한잔해야겠다.'

마누라를 흘끔거리다가 막대처럼 딱딱해 있는 삼겹살을 슬며시 꺼내 놓는다. 삼겹살이 해동되기를 기다리는데, 마누라가 그런다.

"설거지는 하지 마!"

"네, 네, 네~"

나는 집안에서 구운 삼겹살을 얻어먹어 본 기억이 거의 없다. 깔끔한 결벽증이 세계 일등인 마누라가, 이혼을 하면 했지 집 안에서 삼겹살을 구워 먹는 것은 절대 용납하지 않기 때문이다. 공중으로 날아간 돼지기름이 집 안의 모든 것에 내려앉는다는 것이다.

내가 삼겹살을 구워 먹는다는 것은 언감생심이다. 오늘 나는 돼지고기를 삶아서 보쌈으로 안주를 할 것이다. 돼지기름이 묻어 있는 그릇들

꽃으로 맞아도 아프다

의 설거지는 당연히 내 몫이 아니다.

나는 마누라의 눈치를 보며 삼겹살 보쌈을 만든다.

오늘은 비님도 오시고 보쌈에 파김치를 얹어 혼술 한잔해야지. 반바지에 쓰레빠를 끌고 편의점에 소주를 사러 나선다.

집안에 술이 없는 나는(어쩌다 고급양주라도 한 병 들어오면(?) 나는 그걸 소주 마시듯 마셔 버리니… 나는 아직도 술맛을 모른다) 그러니 매번 편의점에서 마실 만큼만 소주를 사 들고 들어온다.

소주 한 병이 1,800원이니 비싸다는 생각도 들고, 박스로 사다 놓으면 훨씬 편하고 저렴하다는 것도 알지만 매일 혼술 하는 것도 아니고, 무엇보다도 마누라에게 백수가 술꾼으로 보이는 것이 싫어서이다. 내 코털이 몇 가닥인지까지 알고 있을 마누라에게는 눈 가리고 아웅이다.

아들 녀석이 초저녁에 들어오더니 손녀 가빈이를 데리고 나간다.

오늘은 곰 세 마리가 같이 있겠단다(곰 세 마리가 한집에 있어, 아빠 곰, 엄마 곰, 애기 곰… 우리 가빈이의 애창곡이다).

빨간 딱지 소주 한 병이 들어가니 매일 저녁 할아버지 할머니를 괴롭히던(?) 가빈이가 보고 싶어진다. '애를 낳았으면 니들이 알아서 키우지 왜 우리를 힘들게 하냐?'고 하던, 짜증은 기억도 안 나고….

'네가 있어 고맙다. 가빈아!'

마누라는 가빈이 때문에 늘 피곤했다가 몸을 누이자마자 초저녁에 잠들어 버리고…. 술이 알딸딸한 나는 고향 형님에게 전화를 한다.

"장마에 비 피해는 없으시냐고?"

초저녁에 직장 선배였던 대구에 사시는 형에게서 전화가 왔다. 너는 형이 전화를 안 하면 죽어도 모르겠다며 핀잔을 하지만 그게 오랜 우정인 걸 안다.

형의 말이, 요즘 몸의 여기저기서 좋지 않은 신호가 와서 병원 가는 일이 잦다 한다.

"형님! 옛날 같으면 지금 죽어도 호상이우. 죽고 싶어도 맘대로 죽어지간디. 몸이 조금만 이상이 있어도 쪼르르 병원으로 달려가니…. 요즈음은 종합병원이라는 놈들이 더 오래 산다니까?"

혼술 한잔하니 철학자가 된다.

죽는 게 별거간디. 죽음이 두려운 건… 사랑하는 사람들을 영원히 못 본다는 것 때문이여. 죽고 나면 더 좋은 세상이 기다리고 있다 할지라도 말이여.

그 사랑하는 사람들 땜에 이승에 끈을 놓기 두려운 거여. 그러니 내일은 좋은 사람들과 한잔해야지.

그나저나 상위 10% 이내 사는 놈들은 어찌 살까? 나보다는 90% 이상 행복하겠지? 아니, 90% 이상 죽기가 두려울랑가….

꽃으로 맞아도 아프다

아부면 어떠랴

"제가 건배를 제의하겠습니다. 오늘 산행이 무사히 끝난 것은, 모두가 사장님이 탁월한 지휘 통솔로 이끌어 주신 덕분입니다. 전 직원의 마음을 모아서 사장님의 건강을 위하여 건배를 제의합니다."

회사의 전 직원이 가을 산행을 마치고 하산주를 마시는 자리가 회식이 되었고, 그 자리에서 2과장이 먼저 건배 제의를 한 것이다.

"저 자슥 봐라. 봐라! 저 아부 떠는 꼬라지라니…. 그리고 술을 마시면서 뭔 건강을 위해서냐?"

건배의 선수를 뺏긴 1과장이 혼잣말을 하며 혀를 찬다. 그런지 5분도 채 안 되어서 1과장이 일어선다.

"2과장이 사장님의 건강을 위해서 건배를 제의했는데 그걸로는 좀 부족합니다. 저는 한 발 더 나아가서 사장님과 사모님의 건강하심과 만수무강을 위해서 잔을 들 것을 제의합니다. 제 선창에 따라서 '사장님'을 세 번 연호한 후에 잔을 털도록 하겠습니다."

술자리는 시끌벅적한 가운데 사장님을 위해서라는 건배사를 하지 않으면 큰 손해라도 볼 것처럼 어느 분 어느 놈이 적당한 틈새를 가로채서 아부사는 계속되었다.

'지랄들 떨어요. 쪽팔리는 줄들 알아라.'

이 말은 아부 떠는 꼴들이 못마땅해서 내가 하는 혼잣말이다.

화기애애한 술자리가 끝나고, 마신 술보다 건배사에 의해 더 취하신 사장님이 일어서시다 언뜻 비틀하신다. 신하들이 전하를 부액하려고 벌 떼같이(?) 달려든다. 모두는 일어서서 박수로써 사장님을 배웅한다.

그 틈을 탄 나는, 잽싸게 총알같이 튀어 나가서… 사장님의 등산화를 냉큼 대령하였다. 그런데, 취하신 사장님은 등산화를 신겨 드리는 나를 누군지 흘끗도 쳐다보지 않으셨다.

나는 정말 사장님이 취하셔서 신발을 못 찾아 신으실까 봐서 한 일이다, 뭐…. 나는 아부쟁이들이 정말 싫더라.

20여 년 훨씬 전의 원주 금대리 계곡에서의 그림이다.

아부면 어떠랴. 그 시절이 그립다. 아, 옛날이여!

아내 1

"눈(眼)가가 왜 그래?"
"몰라 아침에 일어나 보니 생채기가 생겨 있네."
"병원에 가 봐."

젊은 아내 때였다면 눈에 안대를 하고 있었어도
그러려니 모르고 지났을 텐데
늙은 아내가 된 이제는
조그만 생채기조차도 잘도 보여 안쓰럽다.

다른 건 노안(老眼)이라서 잘도 못 보더니만….
그냥 하던 대로 해라, 유난 떨지 말고.
늙은 아내 눈치챌라.

아내 2

"냉동실에 삼겹살 좀 해동해 주세요.
아버지와 술 한잔하고 싶어서요."

삼겹살이 해동될 즈음
아내가 들어온다.
"과메기 좀 사 왔어."
"웬 과메기?"
"엊그제 당신이
과메기철이라고 혼잣소리하길래⋯."

"아들하고 술 한잔하려고
삼겹살 녹이고 있는 거 안 보여?

꽃으로 맞아도 아프다

행차 뒤에 나발 불기는…."

머탱이를 해 놓고 금세 은근 후회한다.
담에 다시는 안줏거리 사 오는 건
얄짤없는 거 아녀 이거?

'과메기철'이랬지
누가 과메기 사 오라 했나….
늙어 가는 아내는 슬몃 오버한다.

꿈에 본 듯

옛적 그 겨울

눈송이 날리는 저녁녘에는
아궁이 볼이 터지게 생솔가지 쟁여 넣고
삭정이에 불붙이면
흘러나온 송진에 불길 심히 장하고
빠져나가는 연기에 굴뚝 볼이 터진다.

어린 녀석 아궁이 앞에 쭈그리고 앉아
잔불에 고구마 몇 알 던져 놓고 있고
머리에 흰 수건 없은 엄니는
쇠죽을 떠 가지고

꽃으로 맞아도 아프다

눈송이 뜨문 내리는 마당을 가로질러
외양간 구유통으로 향한다.

꿈에 본 듯
어제 본 듯
엄니 본 듯

아궁이 앞에 그 어린 녀석과
엄니는 어디 가고

흰 터럭 눈꽃도
꿈에 본 듯하겠지.

신년잡설 '꼬리'

언제부터 꼬리 달린 사람이 되었을까?

37개월 되어 가는 손녀 가빈이도 알고 있는 것을 나만 모르고 있었으니….

꼬리는 몸의 중심을 유지하거나 방향을 잡거나 벌레를 쫓기도 하고 헤엄쳐 나가기 위해서 또는 원숭이처럼 나무에 쉽게 매달려 이동하는 역할을 하기도 한다. 그리고 강아지는 주인에게 잘 보이기 위해서 꼬리를 흔든다. 나는 꼬리로 변해 버린 걸 어디다 사용할까….

아! 꼬리의 할 일이 또 있다. 여인들이 남자에게 추파를 던지는 걸 '꼬리를 친다'고도 한다. 그렇지. 이왕 꼬리가 있는 것을 알았으니 나도 여인들을 향해 꼬리나 쳐 봐?

아서라. 꼬리를 쳐서 여인들을 후린다 한들 이미 꼬리로 변해 버린 걸 가지고 뭘 어쩌겠다는 말이냐?

한 해가 주마간산(走馬看山)처럼 후딱 지나 버려서 지난해에 뭔 일을 했는지 기억조차 나지 않는다.

60세가 넘어서니 세월은 1년, 2년으로 흐르지 않고 3~4년씩 건너뛰어 버리고 그사이 꼬리 달린 사람으로 변해 버린 것조차 모르고 지나다가 손녀 가빈이에게 들키고 나서 변해 버린 내 꼬리를 보았다.

여인들아! 꽁꽁 감춰진 내 꼬리에 속아서, 아니 꼬리치는 나에게 속아서 나를 흘끔거리지 좀 마라. 기껏해야 내가 해 줄 수 있는 일은, 그저 꼬리를 살랑살랑 흔들어 주는 일 외에는 할 일이 없음이니….

친구들과 어울려 뻥이나 쳐 가면서 술잔이나 기울이고 있을 신년원단에 코로나로 인해서 방구석에 코를 처박고 있자니 가는 세월 오는 세월이 하 허허심(虛虛心)하고 자꾸만 앞에 달린 꼬리로 눈길이 가니 이 내 모습이 한심타!

호랑이는 상대를 공격할 때 3가지 필살기를 쓴다. 첫 번째로 물고, 두 번째로 앞발로 치는 것이고, 마지막 필살기는 뒤돌아서면서 꼬리로 후려치는 것이다. 그 꼬리에 맞으면 황소도 쓰러진다(내 뻥이다)!

신년 정초부터 그까짓 꼬리로 변한 것쯤에 의기소침할 게 아니다. 이왕 변해 버린 거 그 꼬리를 휘둘러 하얀 소(辛丑年)나 한번 후리쳐 자빠드려 봐야겠다.

으라차차!

소복(素服)의 철쭉꽃

이미 꽃은,
줄기를 떠나 지고 말았는데
꽃술 하나 안간힘을 다하여
줄기를 놓지 못하고
가는 봄에 매달리려 하는구나.

벌 나비는 왜 찾아들었었을고.
찾아왔던 님은 떠난 지 오래건만
님을 향한 미련은 갈수록 새록하여라.

버티다 버티다
종당에는 매달리던 그 손 놓고

꽃으로 맞아도 아프다

소복 뒤집어쓰고 낙화하고 말 것을
애달프고 처연하다.

차라리 차라리
봄 따라 오는 님을 맞지나 말 것을…
봄 따라 님도 따라가는 것을 몰랐으니

아니,
차라리 차라리
그냥 또옥 떨어져 버려
님의 매정함을 원망하는
결기나 보일 것을…

한 줄 꽃술 늘어뜨려
대롱대롱 매달리며
미련을 버리지 못했을까.

추한 그 모습
떠난 님이 볼까 두려워라
아니, 봐 주기나 했으면….

흰 철쭉꽃은
봄 따라 속절없이 그리 지더이다.

세월은 흘러도

그릇대로 살지, 뭐

조선을 세운 이성계는 젊은 시절, 밤이 되면 백두산 천지에 올라가서 멱을 감았단다.

하지만 어둡고 적막한 밤, 괴물의 아가리처럼 입을 벌리고 있는 천지가 두려워 못 가장자리에 들어가 차가운 물에 몸을 담그고 오는 정도였다나.

어느 날 밤도 이성계가 멱을 감고 있는데 어느 놈이 다이빙을 하여 천지에 뛰어들더니….

"아니, 어느 놈이 먼저 다녀갔나? 물이 왜 이리 미지근해?"

하고 투덜대는데 그는 나중에 중국을 통일한 주원장이었다나. 배포가 함지박만 해서인가 주원장은 중국을 차지하고, 이성계는 그보다 작은 바케쓰만 한 그릇이었는가… 고려를 멸하고 조선을 세웠는데.

꽃으로 맞아도 아프다

그릇이 소주잔만도 못한 나는 인생 이순이 지난 지 오래인데 군의원 시의원 감투는 언감생심. 면서기는커녕 동네 이장도 못해 보고 돈도 많이 벌지도 못해 친구들에게 술도 제대로 못 사 보는구나.

"갸가 몇 년째 소식이 없는데 이민 갔냐?"

"너, 몰랐어? 지금 몇 년째 사기죄로 나랏밥 먹고 있잖아."

"그랬구나. 갸가 본래 뺑이 쫌 쎄더니."

오랜만에 만난 친구와의 대화 내용이다.

그래! 그래도 나도 잘한 것은 있구나. 경찰서에 가서 조서 한번 받아 본 일 없고 남에게 덕은 못 베풀었지만, 손가락질 받은 것 같지도 않다.

그저 별로 이쁘지도 않고 많이 배우지도 못한 아내와 티격태격하며 어떤 때는 닭이 소 보듯 하면서도 그렁저렁 살고 있고….

가만! 그런데 주원장도 죽었고, 이성계도 구리시 인창동 동구릉에 있는 건원릉에 누워 계시지 않는가?

그릇 큰 분들도 이승을 하직하셔서 뗏장 밑에 누워 있지만 나는 아직도 이승에서 사발만 한 소주잔으로 한잔할 수도 있고, 밤이 너무 짧다고 새벽에 귀가하는 게 예사이고, 서울 장안이 너무 좁다고 지가 무슨 홍길동이라도 되는 것처럼 동에 번쩍 서에 번쩍하니….

그릇이 커야만 하나? 그냥 그릇대로 사는 것이지.

그래야겠다. 앞으로도 그래야겠다. 나쁜 짓 하지 않고 되지도 않는 욕심 부리지 않고 소주잔만도 못한 그릇이지만, 입에는 소주잔에 쐬주라도 털어 넣으면서 그 그릇대로 살련다.

'그려, 어디 그렇게 살기는 쉽간디….'

술시가 되어 가니 별 핑계를 다 댄다.

신삼종지도(新三從之道)

"오늘 저녁은 회 먹으러 가지요."

집에 온 아들이 하는 말에 아내는,

"뭔 외식이냐? 집에서 그냥 밥 먹지."

하면서도 싫지 않은 표정이다.

나도 소주 생각도 나던 참이고 하여서

"회보다는 돼지갈비나 먹자."

나는 회보다는 석쇠에 돼지갈비 구워 가며 한잔하는 것이 술맛이 짝 당기는 촌놈이다. 그러자 아내가 바로 맞받는다.

"아들이 회 먹자고 하잖아요. 가락시장에 가서 회 먹자."

"그러시죠. 아버지, 회로 결정합시다."

아들이 땅땅 해 버린다. 은근히 기분이 안 좋다. 내 말에 영(令)이 영 서질 않는다. 이런 상황이 온 지는 이미 오래되었다. 내가 치사하게 투

꽃으로 맞아도 아프다

정하는 건 아니지만 밥상에 오르는 반찬부터 아들 위주가 되기 시작하더니 가정의 대소사도 아내는 나보다는 아들에게 물어보고 나에게는 통보 형식이다.

아들놈도 거기에 익숙해져 버렸다.

"아버지, 1박2일로 가족 여행 가기로 했으니 시간 비우세요."

뭐, 이런 식이다.

어려서는 아버지에게, 젊어서는 남편에게 의지하고 늙어서는 아들을 따른다. 아내는 여인이 지켜야 할 그 '삼종지도'에 적응해 가는 모양새다.

그런데… 그런데, 나는 뭐냐?

내가 어려서는 아버지에게 의지한 건 당연한 거지만, 젊어서는 아내 말에 꼼짝없이 따르더니 이제 흰머리가 성성해지면서 아들의 결정에 따라야 하니….

이 아니, '신삼종지도(新三從之道)'가 아닌가?

아내의 눈치를 보고 아들이 하자는 대로 따르자니 남편으로서 아비로서 권위가 추락하고, 또 막무가내로 권위를 고집해 보자니 그럴수록 꼰대 외톨이가 되어 갈 것은 자명한 일이라….

어쩔 수 없다. 지팡이까지 합쳐서 이제 곧 사지(四枝)에서 오지(五枝) 달린 사람으로 변신할 세월이 얼마 남지 않았으니 내가 명명한 '신삼종지도(新三從之道)'에 순응할밖에….

그러나 이번 구정에는 내 기필코 처자식을 거느리고 폼 잡으며 부모님이 잠들어 계신 고향 선산에 다녀올 거다.

신삼종지도(新三從之道)는 개뿔!

이 땅에 늙은 아버지들아! 신삼종지도(新三從之道)는 개나 줘 버리자.

부처님 오신 날에

배년의 탐욕이 아침에 이슬이더라.

졸필로 일필휘지.

꽃으로 맞아도 아프다

지구를 구했다 1

쓰레기를 들고 나왔다.

분리수거장으로 가는, 보도블록 위에 한 뼘가량 길이의 지렁이 한 마리가 계속 꿈틀대고 있다.

어젯밤 비에 수장당할까 봐서 흙 속에서 나왔다가(지렁이는 피부호흡을 하여 물속에 잠기면 죽는다 한다) 비 그친 후에 귀향이 어려운 듯하다.

안간힘으로 보도블록과 접한 흙으로 돌아가려 하나 역부족으로 보인다. 저러다 저러다 결국은 자연히 죽거나 개미 등의 공격으로 죽을 것이다.

분리수거를 마치고 보니 분리수거장 안에 집게가 보인다.

집게를 들고 지렁이가 있는 곳으로 가 보니 지렁이는 여전히 고군분투 중이다.

집게로 지렁이를 집었다. 지렁이가 심하게 몸부림을 친다. 무지 놀랐나 보다. 어쩌면 누군가가 자기를 해코지하는 줄 알았을 게다.

지렁이도 밟으면 꿈틀한다는데 밟으면 꿈틀하는 게 아니라, 밟으면 죽을 거란 생각에 실소를 한다.

지렁이를 흙 위에 던져 놓는다. 이제 죽고 사는 것은 지렁이 몫이다.

지렁이는 토룡(土龍), 즉 지룡(地龍)이라 불리기도 한다. 지룡이라 불리다 지렁이로 불린 듯한데….

지렁이는 흙을 먹고 그 분변으로 양분을 공급하고 흙을 갈아엎어 순환을 시키는 등 그 순기능이 지대하다. 흙은 지렁이로 인해 산다는 것이 과장된 말이 아니다.

내 아는 분은 스스로 호를 '토룡'이라 짓고 그렇게 불리길 원하는 분도 계시다.

하늘은 '용'이 다스리고 땅은 '토룡'이 다스린다.

오늘 나는 땅을 구했다. 아니, 지구를 구했다.

꽃으로 맞아도 아프다

지구를 구했다 2
- 부활(復活)

　뜨거운 보도블록 위에서 안간힘을 쓰며 꿈틀대어도 흙으로 돌아가지 못하는 지렁이를 집게로 집어서 흙으로 돌려보내고 「지구를 구했다」는 글을 썼다. 그 후로 나는 아파트 내의 보도 위를 유심히 보며 걷는 버릇이 생겼는데….

　어제 늦은 오전. 보도 위에서 지렁이 한 마리를 또 발견했다. 이번에는 살아 있는 지렁이가 아니라 죽어 있는(?) 지렁이였다. 지렁이는 움직임이 없었고 조그만 개미들이 몇 마리 붙어 있었다.

　혹시나 싶어 나뭇가지를 주워서 지렁이를 건드려 보았다. 미미한 꿈틀거림이 있다.

　'아직 죽지 않았구나!'

　지렁이를 흙으로 옮기어서 땅을 약간 파고 흙으로 살짝 덮어 주었다. 내 딴에는, 죽은 사체가 개미에게 뜯기는 것이 안쓰럽고 길 위에 죽어 있는 사체도 보기 싫고 하여 장례(?)를 치러 무덤을 만들어 준 셈인데, 그러면서도 흙 속에서 사는 생명체이니 흙냄새를 맡으면 혹시 살 수도 있지 않을까 하는 가당치 않은 바람도 있었다.

땅거미가 내려앉는 시간대.

지렁이 무덤을 지나치면서 문득 궁금하여 무덤을 확인해 보았더니….

어라! 지렁이가 보이지 않는다. 흙을 헤쳐 보고 주위를 둘러보아도 지렁이가 흙을 파고 들어간 흔적도, 지렁이도 보이지 않는다.

어디로 사라졌지? 두 가지 가능성을 설정해 본다.. 제일 바람은 지렁이가 끈질긴 생명력으로 기력을 회복하여 어딘가 흙 속으로 사라졌으면 하는 것이고, 두 번째는 최악의 상상으로 날짐승이 물어 가 버린 경우인데….

나는 믿고 싶었다. 아니, 분명 그럴 것이다. 지렁이는 흙 속에서 사는 생물이니 흙의 기운을 받아 살아나서 사라진 것이다.

그렇다. 부활(復活)! 설혹 날짐승이 물어가 버렸다 해도…. 내게는, 지렁이는 '부활'한 것이다. 그리하여 지렁이는 예수님이 부활하신 것처럼 부활하여 흙으로 돌아가서 흙을 살찌우고 변함없이 흙으로 되어 있는 지구를 살릴 것이다.

오늘도 나는 지구를 구했다.

꽃으로 맞아도 아프다

버킷리스트

세탁기에 빨래를 돌리고 건조기에 말려서 건조된 빨래를 들고 나가서 탁탁 털어서 개켜 놓을 건 개켜 놓고 다림질할 것은 다림질해 놓는다.

하지만, 이 일은 언감생심 내가 평생 할 수 없는 일로써 나의 '버킷리스트'이다.

버킷리스트는 또 있다.

나는 주방에서 설거지를 해 본 적이 없다. 내가 주방에 볼일이 있는 건 마눌님이 안 계실 때 라면을 끓여 먹을 때이고, 이때도 물론 설거지는 마눌님 몫이다.

어쩌다 혼술을 할 때 냉장고에서 안줏거리라도 꺼내려면 마눌님이 소파에 앉아 TV를 시청하다가도 오뚝이처럼 벌떡 일어나서 안주를 차려 준다. 그 뒤치다꺼리도 물론 마눌님이 하신다.

나는 혼술 후에 빨딱 일어서기만 하면 된다. 나도 설거지를 하고 싶다. '버킷리스트'이다.

청소.

이 일도 당연히 내 차지는 아니다. 청소기를 돌리고 있는 마눌님의 수고를 덜어 주려고 청소기를 달라고 하면, 마눌님은 청소기가 핵폭탄의 버튼이나 되는 것처럼 필사적(?)으로 힘주어 잡고는 절대로 넘겨주지를 않는다.

"당신이 (청소를) 하고 나면 어차피 내가 다시 해야 해."

청소도 나의 버킷리스트이다.

이런 일들을 마눌님이 나에게 못하게 하고 그래서 나의 버킷리스트가 된 이유가… 남자가 이런 일들을 하면 부랄이 떨어진다는 속설 때문이 아닐까(부랄 없는 남편을 어디에 쓰겠나) 싶지만은….

진짜 이유는, 마눌님의 결벽증에 가까운 성격 때문이다. 마눌님의 고치지 못하는 그 성격은 젊어서부터 현재까지 요지부동이다.

어릴 때, 내 어머님은 그러셨다. 남자가 부엌에 들어오면 안 되고 장(시장)판을 기웃거리면 안 된다고…. 그때는 남존여비 사상이 남아 있고 사농공상의 뿌리 깊은 인식 때문이었던 것 같다.

나도 무지 설거지하고 싶고 빨래하고 싶고 청소도 하고 싶다. 오죽하면 이런 일들이 버킷리스트가 되었겠나.

나, 알고 보면 연약하고 야들야들하고 애교 덩어리인 여성 호르몬이 엄청 넘쳐나는 남정네다.

세월은 흘러도

초저녁부터 동생(의형제)과 한잔하다 보니 코로나 시국의 상한 시간 밤 9시가 가까워 온다. 한잔 더 하고 싶어도 궁둥이를 들어야 한다. 오래 격조했던 옛 친구에게 폰을 때렸다.

친구가, 불문곡직 빨리 오란다. 코로나고 지랄이고 사무실에서 한잔하면 된다고…. 택시를 잡아타고 득달같이 달려갔다. 친구가 사무실에 주안상을 차려 놓고 기다리고 있었다.

예전에 사무실2로 쓰다가 지금은 창고로 사용코 있다는 옆 방문을 열어 보니…. 6년 전에, 붓질을 하여 사무실 벽에 덕지 붙여 놓았던 내 글씨가 색이 누렇게 바래고 습기에 노출된 채로 그대로 붙어 있어 나를 반긴다.

오자(誤字)가 많이 눈에 들어온다. 청(淸)이 청(靑)으로, 매월당의 매(梅)가 매(每)로, 유객의 유(有)가 유(遊)로 쓰여 있었다. 취필(醉筆)이었을까?

　세월이 살같이 흘러간 벼름박에는 묵향 빠져나간 졸필만이 남아 있어 지그시 나를 바라본다. 술맛도 친구도 예나 지금이나 그대로이고 시간도 어김없이 옛날처럼 변함없이 자정을 가리키고 있었다.

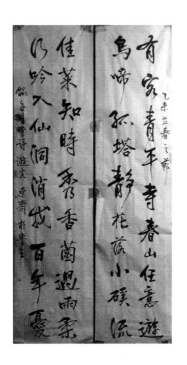

　　　　　　　　　　　　　　　　　　　　꽃으로 맞아도 아프다

3 · 신중년 풍속도

계란은 안 깨졌지만

사내가 떨고 있다. 90년대 중반 어느 해, 아직은 날씨가 춥기에는 이른 가을 초저녁이다.

○○통신여단 군수과에 근무하는 이준위로부터 전화가 왔다. 무골호인으로 나오는 평소 호형호제하며 허물없이 지내는 사이였다. 마누라가 바람이 났다며 오늘 현장을 덮친다 하는데, 떨리는 목소리가 심상치 않다.

"형! 거기 그대로 계슈. 내가 갈 때까지!"

하고는 급히 가 보니 이 양반이 새파랗게 질린 얼굴로 자기 집 앞 골목에 서 있었다. 간부를 잡기 전에 자신이 먼저 쓰러질 것 같다.

"내가 먼저 들어갈 테니 형은 내 뒤에 따라오슈."

키를 받아들고 문을 따면서 벼락같이 들이닥쳤다. 그런데, 집은 비어 있었다.

이 양반이 방바닥에 털썩 주저앉는다. 아니, 발에 힘이 풀려서 주저

꽃으로 맞아도 아프다

앉고 만다.

이 양반이 혼자서 현장을 덮쳤을 때, 오히려 간부에게 당할 수 있겠다 싶어 쫓아왔는데, 정말 현장에 불륜 남녀가 있었었고 이 양반이 혼자 왔다면…. 영락없이 그런 일이 벌어질 수 있었겠구나 하는 생각이 들었다. 소설『금병매』에서 서문경에게 당한 무대처럼….

대폿집에 앉아 소주잔을 앞에 놓고 사연을 들었다. 마누라가 바람을 피운다는 것은 오래전에 알았고, 그 일로 부부가 싸우는 일이 공공연히 지속되고 있었다 한다.

출장 간다 하고 집에 들어왔을 때 장롱에 간부가 숨어 있는 것을 발견하기도 하고, 어느 날 집에 들어오니 가재도구를 다 빼 가지고 이사를 가 버린 걸 찾아서 데려오기도 하고 했단다. 그러면서도 이혼만은 하지 않으려 오히려 아내를 달래고 달랬단다.

간부는 캬바레에서 만난 건달놈으로, 이미 돈도 많이 흘러 들어갔고 마누라가 보증까지 여러 건 서 준 모양이라 했다.

소주 몇 잔이 들어가고 어느 정도 진정이 되자, 형이 품속에서 45 구경 권총을 꺼내 놓는다.

"이 년놈을 요절을 낼걸세."

탄창을 보니 실탄이 장전되어 있었다. 이 양반이 권총을 발사할 정도의 배짱은 없는 분인데 하면서도, 상황에 따라 흥분하면 쏠 수도 있었겠다 싶었다.

"남들이 보면 어쩌려구? 얼른 집어넣으슈."

급히 탄창을 뽑고 권총을 돌려주었다.

그 후 3개월이 못 가서 이 부부는 이혼을 했고, 반년이 안 가서 이 양반은 재혼을 했다. 재취녀는 서울에서 음식점을 하여 돈을 많이 벌었다는, 시장에 건물을 갖고 있는 독신녀로 40대 중반이었다.

헤어진 본부인은 그 후 건달에게 차이고, 혼자 사는 딸에게 얹혀 지내다가 교통사고를 크게 당하여 의식불명 상태였었는데, 얼마 전에 들으니 어느 정도 회복하여 기동을 하고 있다 하였다.

이 양반은 그 후로 전역하고 돈 많은 독신녀와 재혼하여 잘 살고 있다 하나, 내가 보기에는 그렇지만도 않은 것 같았다. 연금이 꽤 많이 나오는데, 연금은 꼬박꼬박 재혼한 부인이 관리하고, 용돈은 타서 쓴다.

모든 재산은 부인 명의이며, 이분은 빌딩 경비를 나가고 있다. 본인은 심심하기도 하고 또 놀면 뭐 하냐고 하지만…. 나는 이 형이, 구멍가게라도 하나 하고 살았으면 좋겠다 싶었다.

이 양반이 과거 전 부인과 살 때 일화이다.

하루는 부부가 싸웠는데, 부엌에서 와장창하며 무얼 때려 부수는 소리가 나더란다. 아내가 무얼 부수는가 하고 문틈으로 보니….

깨어지지 않는 스테인리스 냄비, 양재기, 수저통 등만 요란하게 던지고, 계란 바구니가 있었는데 누가 보는가 하고 주위를 두리번거리더니 계란은 꺼내 놓고 바구니만 집어던지더란다.

계란은 깨지지 않았지만, 결국 부부 생활은 깨져 버렸다.

왠지, 계란 든 바구니를 그냥 집어던졌더라면, 계란만 깨지고 부부 생활은 깨지지 않았을 것 같은 마음이 들어 실소를 한다.

꽃으로 맞아도 아프다

나까지 나설 필요가 있나

"눈도 오는데 술 한잔하자."

금요일 저녁, 직원을 200여 명쯤 거느린 중소기업 사장인 친구에게서 곧 퇴근할 거라면서 걸려온 전화였다. 백수인 내가 마다할 리가 없다. 서울 장안에서 제일 잘한다는 '복집'이라며, 그곳으로 나오란다.

나가 보니 전문직에 종사하는 잘나가는 친구도 나와 있다. 고향 친구 3명이 시덥잖은 소리를 해 가면서 얼큰히 취해 갔다.

핸드폰이 울려서 받았더니 또 다른 고향 친구 녀석의 전화였다. 가까운 곳에 있다 하여 빨리 이곳으로 오라 하니 빛의 속도로 달려온 친구의 얼굴이 벌게져 있는 것이 이미 꽤 퍼 드신 것 같았다.

이 친구는 건설회사의 대표님이시다. 요즈음 누구는 잘나가고, 누구는 형편이 힘들고 어쩌고 하면서 술잔이 제법 빠르게 돌아가더니 대화가 여자로 돌아간다.

건설회사 대표님께서 중소기업 사장님에게 그런다.

"너, 애인 있냐? 내가 한 명 소개해 줄까?"

그걸 사양할 중소기업 사장이 아니다. 내가 옆에서 바로 펌프질을 했다.

"야, 쇠뿔은 단숨에 빼는 거다."

나도 그 여인이 궁금했지만 아닌 척했다.

건설회사 대표께서 즉시 어디론가 전화를 때렸고, 우리는 근처의 조용한 술집으로 자리를 옮겼다.

얼마 지나지 않아서 2명의 여인이 왔는데 한 명은 건설회사 대표님의 애인인 듯했고 다른 한 명은 중소기업 사장님께 소개시킬 여인인 것 같았다. 차림새 하며 옷맵시 등이 값져 보였으며, 세련되어 보이는 미인형들이었다.

점잔을 빼는 자리도 아니고 분위기가 곧 화기애애 수다 만발로 진입하는 데는 시간이 얼마 걸리지 않았다.

대화는 은연중에 자기 과시로 들어갔고, 여인들도 은근한 과시를 하는데, 술을 마셔도 쐬주잔이나 기울이는 백수인 내가 흘끔거리기엔 그녀들은 너무 부(富)티(?)가 나 보였다.

그런데, 중소기업 사장과의 맞춤 애인으로 암암리에 지정된 여인이 자꾸만 나에게 지대한(?) 관심을 보인다.

그 관심에 부응해서 친구들이 대화의 윤활유로서 과장해서 나를 띄워 준다. 내가 백수라 표현하는 것을 글도 쓰고 서예도 하고, 유유자적 사는 친구라고….

나는 속으로 '유유자적 같은 말씀들 하고 있네.' 하면서도 그런 표현을

　　　　　　　　　　　　　　꽃으로 맞아도 아프다

해 주는 게 싫지만은 않았다.

　여인은 계속 나에게, 자기는 대치동에 산다며 집이 어디냐 물어 오고 서예를 배우고 싶다는 둥 말을 걸어온다. 나는 친구들에게 눈치가 보이고(특히 중소기업 사장에게) 여간 자리가 불편한 게 아니다. 나도 여인이 맘에 들었지만….

　어쨌든, 저 여인이 나를 좋아하는 게 아닐까 하는 착각 속에서 다음을 기약하면서 술자리는 끝났다.

　여인을 태우고 사라져 가는 BMW 뒤꽁무니를 보면서, 아무런 잘못도 없고 밤에 술에 거하게 쏜 생활에 여유만만인 내 좋은 친구들에게 밴댕이 속 백수인 내가 심통 맞게 혼잣말로 그랬다.

　'그래…. 너희들이나 실컷 저 여인들과 연애해라. 그리고 나 대신 명품백도 사 주고 빡세게 돈도 펑펑 써라. 뭐, 그 쉬운 일에 나까지 나설 필요 있겠냐? 나는 백수 친구들과 쐬주값 내기 당구도 쳐야 하고, 얼매나 바쁜지 아냐?

　그리고 여인들아, 제발 나 좀 내버려 둬라!'

끝날 때까지
끝난 게 아니다

"소주보다는 시원한 생맥주나 한잔하자."

초저녁, 의기투합한 친구 3명이 생맥주집에 들어섰다.

에어컨 바로 앞을 차지하고 세련되어 보이는 40대쯤의 여인 3명이 생맥주를 마시고 있다. 3명 모두 각자 강아지를 한 마리씩 안고 있다.

술을 마시는 동안 친구 한 놈이 대화를 하면서도 계속해서 여인들을 흘끔거린다. 여인들에게 지대한 관심을 보이는 것이다. 너무 흘끔거려서 괜히 내가 쪽팔린다.

"친구야. 그만 흘끔거려라. 낫살이나 드셔 가지고 어째 좀 점잖지 못한 것 같다."

했더니…

"뭐 어때서? 남자가 여자에게 관심이 없는 순간부터 인생도 별 볼 일 없는 거여. 관심이 없는 척하며 슬쩍슬쩍 여인들을 훔쳐보는 네가 더

꽃으로 맞아도 아프다

응큼한 거여.”

하며 되레 내게 핀잔을 준다.

“내가 언제? 나는 여인들을 훔쳐본 게 아니고 강아지를 쳐다본 거여. 이런 데 강아지를 안고 오다니, 매너라고는….”

내가 얼굴이 벌게졌다. 그러고는 혼자 피식 웃음이 난다.

‘그래. 아직도 우린 젊은 오빠다. 남녀상열지사에 관심이 없다면 그게 어디 남자더냐? 이쁜 여인들을 보면 부지런히 흘끔거리기라도 하자.’

대여섯 살 연배이신 선배님과 몇몇이서 술을 마시는데, 이 형님이 술도 거침없이 잘 드시지만, 노시는 것도 젊은이 못지않게 정열적이시다.

‘내가 저 연세가 되었을 때 저렇게 정열적일 수 있을까?’

부러운 생각이 든다. 말씀하시는 것이 젊은 애인도 있으신 것 같다.

“형님, 대단하십니다. 그 연세에 어디서 그런 힘이 솟아납니까? 연애도 잘하시겠습니다.”

했더니 아주 많이 겸손(?)해하시며 그러신다.

“그래도 나이는 못 속여. 얼마 전까지만 해도 아침이면 텐트를 쳤는데 요즈음은 텐트를 못 치더라구….”

장난기가 발동한 내가 정색을 하고 조언을 해 드렸다.

“연세도 드셨고 하니 아침에 혼자 텐트 치기가 힘드시지요. 누구 도움을 좀 받으셔서 텐트를 치시지요.”

남자들아! 힘을 내라. 올림픽에서 선수 누가 그러더라. 끝날 때까지 끝난 게 아니라고….

하필이면 이 가을이어야 했니
- 돌연 이승을 떠난 친구를 애도하며

포도에 뒹구는 낙엽도 어째 예사롭지 않더니…. 63세 젊은 나이에 이승의 끈을 놓아 버렸다는, 자네의 부음을 들으려고 그랬을까.

언젠가는 가야 한다는 그 확실한 진리마저도 부정하고 싶어지는 자네의 죽음이라는 현실에 망연해지네.

빈소에서 같이 있는 고향 친구가 언젠가 모임에서, 나에게 머리를 기대고 나의 팔짱을 끼고 웃고 있는 자네의 사진을 보여 주네. 사진 속 자네는 웃고 있는데, 웃고 있는 자네는 지금 어디에 있는가.

산 자와 죽은 자의 경계는 분명하니 우리들의 인연은 여기까지라는 것이 우리를 슬프게 한다네. 자네는 수저를 놓았는데 나는 자네의 빈소에서 수저를 들고 있다는, 그 슬픈 현실이 그것이 아니겠나.

내세가 있는지 모르지만 내세가 있다면 내세에는, 아픔 없이 행복하시게나.

꽃으로 맞아도 아프다

이별은 늘 가슴 아픈 것. 사랑하다 헤어짐도… 영원한 이별도, 살고 있는 동안 겪어야 되는 것이지만, 그래도 차라리 한 해의 끝자락인 하얀 겨울에 떠나지, 하필이면 이 가을이어야 했나. 가을에 헤어짐은, 너무도 아리다.

친구야!

시방은 얼마나 편안하신가? 삶은 고해라는데, 이제는 모든 것 내려놓으시고 영면하시게나.

짧은 필설, 긴 필설이 간 자에게나 남은 자에게나 무슨 위로가 되겠나….

그녀를 보내며, 우리의 63년 생의 가을은 낙엽 지는 가운데 이렇게 지나간다.

신 야인시대

2000년 겨울. 철산동 유흥가에서 술을 한잔 걸치고 거리로 나왔는데, 앞서가던 내 후배 동섭이가 웬 청년들과 시비가 붙더니…. 순식간에 드잡이질 난장판이 벌어진다.

빠르게 주위를 둘러보니, 동패인 듯한 놈들이 쫙 깔려 있다. 우리와 같이 술을 마시고 나왔던, 공수부대 권투선수 출신이라고 폼을 잡던, 동섭이 친구 병호는 어디로 내뺐는지 보이지 않는다.

내가 싸움의 중심으로 걸어 들어갔다. 한 손을 모직 롱코트의 주머니에 넣고, 한 손은 핸드폰을 꺼내 들고, 강한 톤으로 전화를 했다. 아니, 혼자 떠들었다.

"여기 철산동 유흥가인데… 애들 되는 대로 다 끌고 와랏!"

다시 버럭 소리를 질렀다.

꽃으로 맞아도 아프다

"야… 이 새끼야! 뭔 말이 많어? 이 근처 있는 놈들 다 불러들여!"

패거리들 중 한 놈이 갑자기 다가와 그런다.

"잘못했습니다…."

내가 그 자세를 유지하고 나지막하게 그랬다.

"꿇어라…!"

놈이 엉거주춤하더니 무릎을 꿇는다. 그때 다른 한 놈이 다가오더니,

"야! 네가 왜 무릎을 꿇어?"

그러자 무릎을 꿇고 있던 놈이 얼른 그놈을 제지한다.

꿇고 있는 건달 똘마니 같은 놈은, 분명히 나를 제가 아는, 어느 건달 조직의 두목으로 착각하고 있다. 여기서 밀리면 안 된다. 잘못하면 분위기가 반전될 수도 있다. 내가 강하게 밀어붙였다.

"이 핏덩어리들이…. 이 새끼, 너도 꿇어!"

금방 구경꾼들의 울타리가 만들어진다. 내가 쪽팔린다는 제스처를 쓰며 그랬다.

"일어나라. 그리고 빨리들 여기서 빛의 속도로 꺼져라!"

놈들이 몇 번이고 머리를 조아리며, 고맙다는 인사를 하고 동패들과 자리를 뜬다. 자리를 뜨는 놈을 여유 있는 척 다시 불렀다.

"너희들 오늘은 이 근방에서 얼씬거리지 말아라."

여기저기 얻어터져서 몰골이 가관인 동섭이가, 영문도 모른 채 기고만장한다.

"형님! 저 새끼들을 그냥 보냅니까?"

그러는 동섭이를 끌고 큰길로 나선 나는, 급히 택시를 잡았다. 동섭이를 택시에 밀어 넣고, 재빨리 그 자리를 벗어났다. 술은 이미 다 깼

고, 겨울바람에 으슬으슬한 것이 고뿔에 걸린 것 같다.

　그 후 동섭이는 누구를 만나면, 그 전설에 침을 튀겼다.

　"형님이 말이야. 그때….”

　상대의 쪽수는 그때그때에 따라서 25:1도 되었다가 30:1도 되었다가

했다.

　　　　　　　　　　　　　　　　　　　　　꽃으로 맞아도 아프다

씻고 혀라!

시간은 자정을 넘어섰는데, 게임은 끝나지 않고 부인한테서는 계속 카톡이 오는 것 같고…. 빨리 게임을 끝내려 하니, 큐대를 잡은 손에 힘만 들어가고 삑사리만 자주 난다.

내 얘기가 아니고, 친구 얘기다. 어찌어찌하여 게임이 끝나자 이 친구가 소변이 급했는지 급히 화장실로 뛰어 들어간다.

뒤따라 들어갔더니 이 친구가 손도 씻지 않고 볼일을 보더니, 그 후에 손을 씻는데 손가락에 초코분 가루가 그대로 퍼렇게 묻어 있다.

이 친구가 이혼 후에 젊은 여인과 재혼을 했는데 신혼 초이고 해서 어른들 하는 일을 할 때는 꾀 안 부리고 열심히 하다 보니 그런대로 일을 잘했던 것 같은데…. 몇 년이 지나다 보니 근력이 딸리더란다.

그런데 젊은 부인은 갈수록 요구 횟수가 많아지고…. 오늘은 빨리 들어가 거사를 치르는 날인데, 당구에 빠지다 보니 이미 시간은 너무 늦어져 버리고, 집에 들어가 볶일 일(?)에 난감해하는 것이다.

은근히 샘도 나고 놀부 심보도 발동한 내가,

"그래도 술은 한잔하고 가야지."

하여서 기어코 이 친구를 술자리에 붙잡아 앉히었다. 그 사이에도 이 친구의 휴대폰은 계속 '카톡'거리고…. 결국 이 친구는 중간에 일어섰다.

허둥지둥 문을 나서는 친구의 등 뒤에 대고 내가 소리쳤다.

"야, 이 친구야! 아무리 급해도 거시기는 씻고 혀라. 아까 소변 볼 때 보았더니 퍼렇게 초코분 가루 묻은 손가락을 씻지도 않고, 거시기를 붙잡고 일을 보던데…. 거시기에 퍼런 분가루 묻은 상태로 혔다가는, 부인 거시기도 퍼렇게 물들라아!"

거참! 내가 친구 부인에게 '아무리 급해도 그냥 덥석 먹다간 퍼런 물든다'고 귀띔해 줄 수도 없는 일이고….

꽃으로 맞아도 아프다

조건이 안 맞아
미안하게 되었습니다

남녀를 만나도록 주선하였다.

홀아비 내 친구가, 언젠가 술자리에서 만난 적이 있는 내가 아는 혼자 사는 미모의 여인을 중매해 달라고 하도 졸라서 이루어진 자리이다.

그동안 녀석에게 이를 빌미로 수차례 술을 뺏어 마시었다. 내가 어디 공짜로 인륜지대사가 될지 모를 일을 그리 쉽게 해 줄 사람인가?

내 친구가 넉살도 좋고 유머도 있어 자리는 그런대로 화기애애하다. 나도 가끔 추임새로 유머도 섞어 가며 일조를 한다. 그러나 절대로 친구보다 멋있게 보여서는 안 된다. 친구의 좋은 점만 과장하여 슬쩍슬쩍 흘린다. 여인도 무척 즐거워하는 것 같다.

여인이 화장실에 다녀온다며 자리를 비웠다.

"야, 인마! 멋을 좀 내고 오지. 옷차림이 그게 뭐냐?"

내가 잠바 차림에 운동화를 끌고 나온 친구에게 타박을 했다.

"뭐 어때? 겉만 번지르르하면 최고냐?"

친구가 시큰둥해하며 대꾸한다.

화장실에 다녀온 여인이 그런다.

"이혼한 내 친구가 한 명 있는데 불러도 괜찮을까요?"

"그럼요. 괜찮지요."

불감청일정 고소원이다.

얼마 안 되어 친구라는 여인이 나타났는데….

차림이 화려하다. 짙은 화장도 그렇지만 걸치고 있는 옷도 비싼 것 같고 손가락에 낀 것과 귀걸이도 묵직(?)해 보인다. 얼굴은 그저 그런 것이, 여자들은 자기보다 이쁜 년을 남자들에게 소개하지 않는다는 말이 맞는 것 같다.

어쨌든 우리는 스스럼없이 어울리었고, 노래방에 3차까지 이어지다 보니 제법 오래된 사이들 같다.

친구가 계산하는 사이 밖에 나온 나에게 늦게 온 여인이 그런다.

"오늘 왜 만나는 건지 이야기는 들었는데요. 친구분이 괜찮은 분 같은데, 차림새로 봐서…. 돈은 좀 있으신가요?"

술 덕분인지 조금은 실례(?)되는 질문을 한다.

"얼마나 있어야 되는데요?"

여인이 아무렇지도 않게 대답한다.

"글쎄, 뭐… 40평 아파트에 현금은 10억 정도는 있어야 되지 않을까요?"

한참 계산을 해 본 내가 대답했다.

"조건이 좀 안 맞네요. 아파트야 32평에 살고 있으니 좀 늘려 가면 되

꽃으로 맞아도 아프다

겠지만⋯. 은행에 예금이 한 20억쯤 있는 것 같고, 세종시에 땅을 좀 많이 가지고 있다는 걸 들었거든요. 내 친구가 오늘 많이 좋아하던데, 조건이 그리 많이 틀리니⋯. 오늘 미안하게 되었습니다."

그런데, 조건을 얘기했던 나중에 온 여인이 눈빛을 반짝이며 그런다.

"입가심이나 한잔 더 하지요. 얻어먹기만 하고 미안해서⋯."

여인의 눈이 반짝이는 건 네온사인 불빛 때문인 것 같았다.

중매를 잘못하면 뺨이 석 대이고, 중매를 잘하면 술이 석 잔이라는데⋯. 술 석 잔은 아마 오늘 미리 다 마셔 버릴 것 같다.

거가 궁금하다

"이제 그만 만나야겠다. 힘들어서 못 하겠다."

불륜 3년차인 내 친구가, 술자리에서 넋두리 비슷하게 행복(?)한 하소연을 한다. 혈색 좋은 얼굴에다 몸 관리도 잘하여 건강한 놈이 웬 엄살이냐 했더니…. 근력이 딸려서 힘든 것이 아니란다.

상대 불륜녀는 독신으로 좀 가진 것이 있는 강남 여인인데, 처음 만날 때는 조그만 선물 하나만 사 주어도 '그런 거 필요 없다. 내가 이런 거 때문에 만나는 줄 아느냐. 사랑한다면 바랄 게 없다.'는 둥 조강지첩(糟糠之妾)처럼 굴더니….

날이 가고 달이 가고 해가 가더니, 날름 팔짱을 꼈다 하면 끌고 가는 곳은 백화점이고, 기회를 틈탔다 하면 수월찮은 돈도 요구하곤 하더란다. 게다가 요즈음은 슬쩍슬쩍 하는 말이 '누구 애인은 강남에 커피숍을 차려 주었다는데….' 하면서 직접 요구는 하지 않고, 쓰리쿠션으로 은

꽃으로 맞아도 아프다

근히 가게를 하나 차려 달라 한단다.

친구들의 의견이 분분하다. '그만 헤어져라, 그게 바로 꽃뱀의 수법이다.' 하는 친구들이 있고, 이 친구가 돈 많고 잘생긴 것에 은근히 배가아팠던 나 같은 '돈도 많은데 그 여자가 좋으면 가게 하나 차려 줘라.' 하는 친구도 있다.

1차 술자리가 끝나고 2차는 내기 당구로 한잔 더 하기로 한다. 불륜친구는 내일 약속이 있다며 대리운전을 불러 들어갔다.

이 친구는 당구를 못 친다. 이 친구가 가진 것은 돈밖에 없고 노는 것은 푸른 초원에서 작대기만 휘두르다 보니 우리 같은 껄렁이들이 치는당구는 칠 줄을 모른다(우리 젊었을 때는 당구장에나 들락거리면 보는 눈이 곱지않았다).

2차 술자리에서 어쩌다가 또 그 이야기가 안주가 된다. 역시 의견은양분된다.

"그 친구가 이런 상황에 오게 된 것은 당구를 못 치는 것에 있다. 당구를 칠 줄 알면 여자를 알 텐데…."

내가 그랬더니 친구들이 그런다.

"무슨 생뚱맞은 소리냐? 당구하고 여자하고 무슨 상관이냐?"

그래서 내가 친구들에게 한 수 가르쳐 주었다.

"남자는 포켓볼을 잘 치고, 여자는 쓰리쿠션 볼을 잘 친다. 남자는 그저 구멍에 넣는 것만 열중하고 여자는 세심하게 각을 재서 계산대로치기 때문에 쓰리쿠션을 잘 치는 것이다. 그러니 당구를 못 치는 그 친구가, 구멍을 알겠으며, 그런 쓰리쿠션의 이치인들 알겠냐? 잘 치는 골

프도 구멍만 찾고….”

　그러다 보니 돈 많은 친구는 고민도 많다. 돈 없는 나도 고민 좀 해 보고 싶다. 강남 여자가 아니면 어떠랴?

　옛날에 어른들 말씀이 ‘어느 구멍으로는 황소가 열 마리 들어가고도, 더 들어간다.’ 하시던데…. 거가 궁금하다. 나만 궁금한 게 아니고 남자들은 모두 궁금해할 게다, 아마….

　내 친구는 어쩌면, 그러다 그러다… 거기로, 황소 열 마리가 줄을 서서 들어가는 것보다도 더, 아파트 한 채가 들어가고도 더 들어갈지 모르겠다.

우렁이도
논두렁 넘을 줄 안다

"남편분께서도 별래무양 하시냐?"

"별래무양? 흥! 그 인간 요즘 걸어 다닐 때도 까치발로 다니고, 눈을 내리깔고 다니는 것이 조신한 새색시 같다. 꼴에 바람피우다 나한테 들켰잖니."

"무슨 소리야? 네 남편, 그거 오줌 누는 데밖에 못 쓴다고 했던 것 같은데…."

"나도 그런 줄 알았지. 그러니까 내가 더 기가 찬다는 것 아니니?"

친구 모친상을 당해서 카플로 친구 4명이 대전으로 조문을 가는 차 안에서 여자 동창과의 대화이다. 동창들과의 대화는 빨가둥이 친구라서 그런지 우리가 늙어서인지 스스럼이 없다.

그 친구의 남편분은 우리보다 두세 살 연상이신데 늘 말이 없으시고 점잖으신 분이시다. 그분이 바람을 피우다 들켰다는 것이다. 평소에 친구가 농담식으로 말하기를, 자기 남편은 당뇨가 심하여 성기능은 끝났다고 하곤 했었다. 그러니 친구에겐 너무 큰 쇼크였다는 것이다.

상대는 공인중개소의 사무장을 하는 유부녀인데, 남편이 토지 중개 건으로 자주 만나 쏠쏠히 용돈도 벌어 쓰고 하여 그러려니 하였는데 어느 날 그렇고 그런 사이가 되었다는 것이다.

친구가 더 열받는 것은 짐작만으로 길길이 뛰며 추궁하자 남편의 변명이 가관이더라는 거다.

"한 번밖에 안 했어!"

친구는 시간도 꽤 지난 사건이라면서 태연한 척하지만 둘 사이가 태연(?)할리는 없을게다. 계속 되뇌는 말이 제 남편은 여자도 제대로 쳐다보지도 못하는 숙맥이고 특히 그게 불능인데 어떻게 성관계가 되냐는 것이었다.

괜히 신이 난 우리는, 헤어지라는 둥, 그래도 그냥 살아야지 어쩌겠냐는 둥, 그게 마누라한테는 안 되어도 새것한테는 된다는 둥 입에 침을 튀겼다.

"남편이 순둥이고 그게 불능이라서 바람을 절대 못 피운다고…. 에라이 등신아! 뱀만 논두렁 넘어가는 줄 아냐? 우렁이도, 달팽이도 다 다 논두렁 넘어갈 줄 안다."

옆에 앉은 친구가 한마디 거든다.

"내 논에 키우려고 우렁이 사다 넣었더니 논두렁 넘어서 남의 논에 새끼 까더라."

그런데 어쩐 일인지 바람은 그 양반이 피웠는데 괜히 내가 오금이 저린다. 코끝에 침 발라야겠다.

　　　　　　　　　　꽃으로 맞아도 아프다

가을날의 스케치

친구 딸의 결혼식에 가기 위해 수원으로 향하는 길. 분당선 차 안에서 친구와 나란히 앉아 가는 중이다.

그때 만삭의 임산부가 남편인 듯한 남자와 들어선다. 주위를 둘러보니 머리 검은 젊은 청춘들은 하나같이 핸드폰을 들여다보고 있을 뿐, 자리를 양보할 기미는 보이지 않는다.

할 수 없이 머리 허연 흰머리 청춘이 일어설밖에….

"생길이 엄마! 여기 앉으세요."

자리에서 일어서며 하는 내 말에 임산부 새댁이 무슨 소리인가 어리둥절해하더니 내 흰머리를 보다가 사양을 한다. 계속 권하니 고맙다 하면서 자리에 앉는다.

새댁이 미안해할까 봐서 자리를 옮겼다. 내 친구도 따라 일어나 내 옆에 선다.

"야, 잘했다! 요즘 애들은 싸가지가 없어. 임산부한테도 자리를 양보하려는 젊은이가 없다. 그나저나 임산부가 아는 여자냐?"

"아니, 내가 어떻게 아냐?"

친구가 고개를 갸우뚱한다.

"아까 분명히 네가 누구 엄마라고 하던데..."

"아, 그거…. 그 새댁이 곧 애를 낳을 거 아니냐? 그러니 태아는 곧 '생길 애'이고. 그래서 내가 '생길이 엄마'라고 부른 겨."

내가 자리를 양보한 것이 젊은이들에게 엄청난 모범을 보인 것 같아 뿌듯하다. 친구가 자기가 먼저 그러지 못한 것이 아쉬워 보인다.

'친구야, 멋진 모습 보여서 미안해!'

결혼식이 끝나고, 친구들 10여 명이 당연히 뭉쳤다. 전철을 같이 타고 온 친구가 폼을 잡는다.

"내가 쏜다."

그러나 그게 끝일 리가 없다. 상경하여 신도림역에서 그 친구가 또 그런다.

"어차피 쏜 거, 오늘은 500만 원 한도에서 내가 아도 친다."

우리는 기꺼이 마지못한 척하고 거기에 응했다. 친구가 좋고 술이 있는데, 이 가을에 무엇을 더 바라랴! 이백의 시 한 구절 읊조려 본다.

滌蕩千古愁 천고의 시름을 씻어 버리며

留連百壺飮 자리에 눌러앉아 백병의 술을 마신다.

꽃으로 맞아도 아프다

P.S. 친구야, 멋진 모습 좀 보이지 마라! 그 친구의 이름이 '명호'라고는 말하지 않겠다.

신중년 풍속도

"오늘 저녁 시간 있냐?"

내 친구에게서 걸려온 전화이다.

"백수가 남는 것은 시간뿐이고 가진 것은 놀 수 있는 근력뿐이다."

전화의 내용은 이랬다. 내 친구의 친구로부터 SOS가 왔단다. 오늘 저녁 50대 여인들을 만나기로 했는데, 한 여인은 그 친구가 사귀고 싶은 여인이고 한 여인은 들러리라는 것인데…. 자기 혼자 나가기가 좀 어색하니 내 친구에게 들러리를 서 달라는 것이었다. 거기서 나는 덤이고….

전화한 친구는 내 친구의 소개로 나도 잘 아는 친구인데, 내가 매우 부러워하는 친구이다. 부러워하는 이유가 이 친구는 돈은 주체(?)할 수 없이 많지, 잘생겼지, 애인도 있지, 어디 하나 빠지는 구석이 없다.

그러면 어디 아픈 데라도 있었으면 내 기분이 좀 위로가 될 것 같은

꽃으로 맞아도 아프다

데…. 죽자 사자 운동을 하니 백 살까지 사는 건 따 놓은 당상이다.

가진 놈이 더 갖고 싶다고, 애인이 있다고 알고 있는데 또 애인을 만들고 싶은 모양이다.

역삼동에 제법 유명하다는 일식집에서 미팅이 이루어졌다.

메인인 여인은 썩 미인은 아닌데 좀 세련되어 보이고, 들러리 여인은 그냥 평범하게 보였다. 여자들은 남자를 만나러 나올 때 절대로 자기보다 이쁜 여자를 데리고 나오지 않는다더니….

분위기는 좋았다. 장단도 잘 맞았다. 여인은 남양주 어딘가에 땅 좀 있다는 둥 은근히 재력을 과시하며 친구의 주머니 속을 흘끔거렸고, 친구는 주머니 속을 완전히 까지는 않고 슬슬 흘리면서 여인의 치마 속을 궁금해하고 있었다.

우리는 가끔 추임새를 넣어 가며 순서대로 나오는 회를 씹으며 소주로 혓바닥을 적시었다.

2차는 7080으로 갔는데 별로 신날 것도 없는 나는 그저 엉거주춤하니 '엉거주춤'이나 추는 게 고작이었다. 절대로 그 친구보다 멋있게 보여서는 안 되기 때문이기도 하다.

잘나가는(?) 속물(?)들의 신풍속도 행사(?)는 그렇게 종료되었다. 그 후의 일이야 내 알 바 아니고….

끝나고 나서 들러리 내 친구와 마시는 콩나물 해장국에 소주는 값진 회에 고급 양주보다 술맛이 짝짝 땡기는 것이….

'그래, 술맛은 이래야지!'

궁금하기는 나도 궁금하다. 그 여자의 치마 속보다 그 여자의 주머니 속이 정말 빵빵한지…. 정말 주머니 속이 그렇게 빵빵하다면, 나랑 사귀자!

꽃으로 맞아도 아프다

극락왕생을
보시해라

"북망산이 어드메냐. 어허… 어허…
내 집 앞이 북망일세. 어허… 어허…."

소리가 한층 높아진다.

"여보게들 친구네들! 어허… 어허…
세상사가 허망하네. 어허… 어허…
자네가 죽어도 이 길이요. 어허… 어허…
내가 죽어도 이 팔자라네. 어허… 어허이….."

　요령 소리 딸랑거리면서 상여를 이끌고 있는 선소리꾼이 눈에 익다.
중고교 동창 친구이다. 아니, 저 친구에게 언제 저런 면이 있었나….

선소리가 너무도 구성지고 애달프다!

그 친구가 강화에서 의사 개업을 한단다. 요즘 대형병원도 많은데, 그 업이 잘될까? 어쨌든 개업을 한다니 개업식에 가서 돼지머리 주둥이에 신사임당이라도 물려 놓고 절이라도 하고 와야겠다.

구성지게 선소리 메기며 요령 소리 딸랑거리던 친구가 '장의사'를 개업한다. 요즘 대형병원 장례식장이 있는데, 누가 동네 장의사에게 장례(葬禮)를 의뢰할까 우려가 된다.

친구의 변(辯)에 의하면, 이제 나이도 지긋해졌고 망자를 정성껏 모시는 일도 보시(布施)이니 돈을 떠나서 열심히 해 보겠다 한다.

그래, 친구야! 남들이 기피 하는 일을 아무나 한다더냐. 보시(布施)에는, 재보시(財布施), 법보시(法布施), 무외보시(無外布施)의 3종시(三種施)가 있다는데, 너의 보시가 어디에 해당하는 보시인지는 모르겠다만, 극락왕생을 도와주는 네 보시가 최고의 보시다.

무식한 나는 육보시(肉布施)만이 최고 보시(布施)인 줄 알았으니. 에라이….

돌아오는 토요일이 의사 개업일이라는데 큰 붓으로 먹물 듬뿍 찍어서 '布施'라고 글 한 점 멋지게 써 가지고 가야겠다. 그런데 뭐라고 덕담 한마디를 하나.

"대박 나라!"

이건 좀 '사람 좀 많이 죽어라' 하는 것 같아 거시기하고….

꽃으로 맞아도 아프다

시방도
이단 옆차기를 하냐

절친했던 옛 직장 후배에게서 전화가 왔다.

바람결에 소식은 종종 듣고 있었지만, 만난 지 십수 년은 족히 되는 것 같다. 전화가 끊어진 지도 오래인데. 물어 물어 소식을 전해 온 것이다.

이친구는 어찌어찌하여 남해에 살고 있다는데. 일간 서울에 올 일이 있는데, 그때 소주나 진하게 하자고…. 감회가 짙다.

이 친구가 태권도 3단인데…. 옛날, 그날도 어느 날이나 다름없이(?) 늘 그랬던 것처럼 나와 한잔 거하게 걸치고 일찍(새벽) 귀가했겠다.

딩~동, 딩~동…!

그런데 아무리 벨을 눌러도 잠긴 문이 안 열리고 방 안에서는 기척도 없다. 이 친구가 밖에서 말했다

"셋을 세겠다. 아니면… 부수고 들어간다!"

이 친구는 밖에서 하나 , 둘을 세고, 부인은 안에서 살그머니 문을 따 놨겠다.

이 친구가 "셋!" 하면서 한 발을 물러섰다가 이단 옆차기로 문을 향해 몸을 날렸다. 문이 그대로 벌컥 열리면서… 이단 옆차기는 그대로 현관 에 나뒹굴어졌다.

개박살이다! 순간 성질낼 상황이 아니다. 뼈다귀가 부러졌는지 여부 와 상관없이 민망한 일이 벌어진 것이다, 부부지간이지만, 엄청 쪽팔린 다. 이놈은 소태 씹은 얼굴이고, 마누라는 웃음을 못 참고…. 아이고! 그놈의 태권도 땜에 스타일 완존히 조졌다.

그 후로 내 사랑하는 주당 후배는, 장동건보다 잘생겼다 해서 '장동 건'이라 불리다가 그 후로는 내가 명명한 '이단 옆차기'로 누구에게나 통했다.

이 친구는 지금도 가끔 이단 옆차기 "셋"을 세고 있을까? 통화 중에 그건 물어보지 않았지만…. 이번에 만나게 되면 물어봐야겠다.

"시방도 이단 옆차기를 하냐?"

지놈도 이제 환갑이 지났을 나이인데, 이단 옆차기를 할 때 몸이 뜰까?

그깟
고기 한 점 때문이 아니다

불판에 고기가 익었나 싶으면, 홀딱 집어 간다.

고기가 과자처럼 딱딱하게 구워지지는 않더라도 어느 정도 노릇하게 구워진 고기를 선호하는 나는, 안주를 하려고 구워져 가는 고기를 노리다 보면 독수리가 병아리 채어 가듯이 아차 순간에 빼앗기고 만다. 녀석은 고기를 씹지도 않는다.

교대역 근처의 친구 사무실에 들러서 볼일을 보고 나오려니까 친구가 잡는다. 저녁때도 다 되어 가니 소주 한잔하잔다. 거절하지 못하고 엉거주춤 엉덩이를 내려놓는다.

친구가 사무실 손님인 듯한 모르는 사람을 내게 인사 소개를 시키면서 그 친구에게도 같이 가기를 권한다. 그 친구가 치아를 몇 개 발치했는데 술을 마시면 안 된다고 사양한다.

이빨이 빠졌는지 부러졌는지 마스크를 하고 있으니 알 수가 있나.

우리는 사무실에서 나와서 술집을 찾는데 친구가 근처에 한우 고깃집이 있는데 모듬한우가 안주로는 괜찮더라면서 거기로 가잔다.

내가 처음 본 이빨 빠진 친구에게 인사로

"같이 가셔서 고기라도 드시지요."

한마디 했더니, 대답도 안 하고 고개만 끄덕이고 따라온다.

그리하여 우리는 합석하였고, 친구와 나는 고기가 구워지기를 기다리면서 고기 한두 점씩 먹는 사이에 이빨 빠진 그 녀석은 술은 입에 대지도 않으면서 빛의 속도로다가 불판에 안주가 익기도 전에 안주를 채 가는 것이었다.

아! 나는 알았다. 이빨 빠진 놈과는 고깃집에 가면 안 된다는 것을….

놈은 이빨이 없다 보니 우물우물 씹지도 않고 삼키는 것은 물론, 딱딱하게 익은 고기를 먹을 수 없으니 덜 익은 생고기(?)도 채어 간다는 것을….

나는 안주로 하려고 고기 익기를 기다리다가 뺏기고…. 어쩌다 익은 고기 한 점 집어 먹으면, 다시 고기 익기를 기다리다가 뺏기고….

그저 애꿎은 주님만 가까이하였다.

'내 주를 가까이하려 함은 십자가 짐 같은 고행이라.'

내가 그깟 고기 한 점 때문에 그러는 거 아니다. 속 좁은 나는 그런 놈이 왜 그렇게 얄미운지 모르겠다. 차라리 내가 이빨을 뽑든지 해야지. 앞으로 그런 놈은 다시는 만나지 말게 해 달라고 주님께 기도해야겠다.

술 많이 취했다.

꽃으로 맞아도 아프다

빤스를
잘 벗어야 된다고?

의형제 동생이 오랜만에 술 한잔하자며 연락이 와서 나갔더니 녀석이 애인과 같이 나와서 삼겹살에 소주 한잔하는 자리이다.

"고기 탄다. 뒤집어라!"

내 말에 내 동생놈이, 옆에 앉은 제 애인과 속삭여 대며 못 들은 척하고 딴청을 부린다. 이놈은 삼겹살이 노릇노릇하게 과자같이 구워져야 처드시는 놈이다.

"야! 고기 안 뒤집으면 죽은 고기가 뜨거워서 제 스스로 뒤집어지기라도 한다더냐? 얼른 뒤집어라. 죽은 고기는 뒤집어 줘야 한다."

그제야 녀석은 제 애인과 여전히 히히덕대면서 느릿느릿 고기를 뒤집어 놓는다.

이 녀석 봐라! 못마땅하고 심통이 난다. 골탕 좀 먹여 볼까나?

"그때 걔 너한테 연락 없었냐?"

녀석이 아무 말하지 말라고 눈을 껌뻑껌뻑한다. 나는 못 본 척하고 얘기를 계속했다.

"네 옆에 앉았던 여자 이쁘지 않더냐? 이 근처에 사는데….."

이쯤 되면, 무슨 얘기를 하는지 바보가 아니면 다 안다. 녀석의 애인이 잽싸게 끼어든다.

"여자들과 술 드셨지요? 이 사람 옆에 앉았던 여자가 그렇게 이뻐요?"

녀석이 다급하다.

"형님이 사업상 아는 여자들이었어. 나는 모르는 여자들이야. 안 그래요, 형님?"

내가 녀석의 말에 마지못해 맞장구를 치는 척하고 변명에 동조해 주었다.

"그래, 그렇지. 내가 아는 여자들이고 그 후에 만난 적도 없어요."

그 후에 녀석과 녀석의 애인은 전쟁이 시작되었다. 여자는,

"내가 그럴 줄 알았다. 여자만 보면 다 좋다는 그 버릇이 어디 가겠냐? 나하고 처음 만날 때도 너무 찝쩍대길래 내가 싫어했는데…. 어쩌다 보니 이렇게 되었다. 내가 미친년이지."

술 같이 마신 여자와의 일은 기정사실로 되어 버리고 섭이 애인은 원망 반 하소연 반이다.

녀석은 아닌 밤중에 홍두깨로 맞은 것처럼 억울하지만, 그저 변명하기에 급급하다.

'이놈아! 그렇게 형님이 고기 좀 뒤집으라고 하면, 퍼뜩 퍼뜩 잘 뒤집어야지.'

꽃으로 맞아도 아프다

둘 사이의 싸움은 점입가경이 되어 가고 말리는 척하며 구경하는 것이 재미가 제법 쏠쏠하다. 50대 중반의 여인은, 말에 거침이 없다.

"자고로 여자는, 빤스를 잘 벗어야 한다는 말이 진리여. 내 잘못이지, 뭐…."

정말 둘 사이가 파국이 올 것 같은 사태로 번지고, 그 원망은 내게로 올 것 같다.

내가 슬그머니 밖에 나가 아는 여자(M)에게 술 한잔하자며, 사정을 얘기하고 SOS를 쳤다. 여자는 깔깔거리고 흔쾌히 응했다.

다시 들어온 나는,

"제수씨! 섭이 말이 맞아요. 제수씨가 그렇게 못 믿으면, 제가 그 여자를 이리로 오라고 할 테니 직접 확인해 보세요."

나는, 지금 시간에 시간이 날지 오려고 할지 모르겠네 어쩌고 하면서 M에게 연락을 했고, 1시간여가 지난 후에 M이 나타났다.

쾌활한 성격의 M은 곧 녀석의 애인과 친구같이 되었고, 문제는 해결되었으며 우리는 2차 노래방, 다시 3차로 이어지며 새벽을 달렸다.

동생을 골탕 먹이려고 언뜻 꾸민 일이 숙취가 되어 나는 이튿날 오전까지 비몽사몽이었다. 자업자득이다.

여자는 빤스를 잘 벗어야 한다고? 여자가 빤스를 벗을 때 남자는 안 벗고 입고 허냐? 남자도 빤스 잘못 벗으면, 엄청 후회한다!

홀아비살림에
깨가 서 말이라

신림역 근처에서 살고 있는 친구와 한잔하자는 약속을 한터라 금요일 저녁 신림역으로 향했다. 전화를 했더니 이 친구가, 아파트 위치를 알려 주며 자기 집으로 오란다.

찾아가 보니 벌써 친구 몇 명이 와 있다.

"밖에서 한잔하지, 웬 궁상이냐?"

하는 내 말에 이 친구가 그런다.

"음식점에 가 봐야 식성들이 다 다르니, 음식 메뉴 고르는 것도 마땅찮고 비싸기만 하고, 음식점이 시끄럽고 해서 집에서 하기로 했다. 형아가 만든 음식 먹어 보고 자주 하자고는 하지 마라."

이 친구는 부인과 이혼을 했는지 홀아비로 산 지 오래인데, 자세한 가정사 얘기를 꺼려서, 친구들도 묻지도 않고 그저 그런가 보다 하고 지낸다.

꽃으로 맞아도 아프다

우선 한잔하라 하며 오리 훈제가 안주로 나오고, 훈제를 안주로 술이 시작되고⋯. 제철 음식 과메기가 등장한다. 과메기를 쌈 싸서 먹을 수 있도록, 배추속잎, 가는 파, 미역줄기, 마늘 등이 정갈하게 곁들여진다.

벌써 술은 몇 병 비워졌다. 그러는 동안 주방에서는, 냄비에 무를 썰어 넣은 맑은 국이 끓고 있다. 과메기 안주로 한참 술잔을 기울이고 있는데, 냄비에 낙지를 썰어 넣는다. 끓는 물에 살짝 데쳐 먹을 수 있도록, 싱싱한 미나리도 준비되어 있다. 연포탕이다.

친구가 이런 걸 준비하기 위해서, 재료를 메모하여 몇 번 장을 보았단다.

"야, 참한 아주머니 한 분 소개해 주려고 했는데⋯. 여자가 필요 없겠다."

하는 내 말에 이 친구가 너스레를 떤다.

"무슨 소리냐? 여자가 음식 만드는 데만 필요하냐? 요즈음 삽이 뻐근한 것이⋯. 그 애로 사항을 마누라 있는 놈들은 모른다."

이 친구가 말로는 엄살을 떨지만, 여름휴가 때 마흔두 살의 젊은 애인과 남해안 쪽으로 일주를 하고 온 걸 안다. 홀아비는 이가 서 말이고, 과부는 깨가 서 말이라 하던데⋯. 누가 이 친구를 보고 이가 서 말이라고 하겠는가?

잘 먹고 마시고 떠들고, 집에 돌아오니 자정이 지났다.

그런데 배 속에 거지가 들어 있는지, 실컷 먹고 마시고 왔는데 라면이 당긴다. 아내에게⋯

"라면 끓여 와라!"

할 배짱도 없으니, 아내가 깨지 않게 조심스럽게 라면을 끓여 들고,

다른 방에 가서 후루룩 소리를 죽여 가며 라면을 죽였다.

아내가 있으면 뭐 하냐? 아내가 깰까 봐서, 라면 하나도 맘 놓고 못 먹는 주제가….

홀아비가 될 자신도 없으면서 깨가 서 말인 홀아비 친구가 부럽다. 부러우면 지는 거라는데…. 나도 지는 건 싫으니, 이참에 그 친구에게, 이쁜 아줌마나 한 분 소개해서 홀아비를 면하게 해 버릴까나?

꽃으로 맞아도 아프다

좀 더 확실하게
이간질할걸 그랬나

"형님! 오랜만입니다."

신사동 전철 입구에서 어느 놈이 반갑게 인사를 한다. 평소 내가 좋지 않게 보아 오던 양아치 건달 '꺽다리' 녀석이다.

"형님, 요즘 동섭이 형이 무슨 일이 있는지 전화도 잘 받질 않는데, 형님과는 자주 만나세요?"

"아니, 요즘 걔가 뭔 일이 있는지 못 만난 지 오래되었다."

녀석이 술 한잔하자는 걸 바쁜 일이 있다고 거절하고 헤어졌다.

동섭이는 나의 친한 동생이고 꺽다리 녀석은 동섭이 후배이다. 꺽다리는 평소에 동섭이에게 알랑방귀를 뀌어 가며 기생하고, 손해를 많이 끼치는 놈이다.

얼마 전에도 동섭이를 꼬드겨서, 모 지역주택조합의 딱지를 사게 하였고, 그 사업이 지연됨으로 인해 동섭이가 많은 손해를 보고 있는 중이었다. 그런데도 동섭이는 이놈이 찾아오면 술도 사주고 용돈도 뜯기곤 한다.

나는 꺽다리와 아무 이해관계가 없지만, 이놈을 미워한다. 순간 마음을 굳히었다. 이 둘 사이를 이간질해서 서로 못 만나게 하거나 싸움을 붙이기로. 그게 내가 동섭이를 도와주는 일이다.

동섭이와 몇 명이 술을 마시는 자리에서였다. 이런저런 얘기 중에 내가 동섭이에게,

"아! 참, 얼마 전에 네 후배 꺽다리를 길에서 만났다. 그런데 너희들 요즘 사이가 안 좋냐?"

했다. 동섭이가 대답했다.

"아뇨. 걔하고 사이 안 좋을 일이 무엇 있겠어요."

"그래? 그런데 그놈이 너를 형이라 부르지 않고 '똥섭이, 똥섭이' 하냐?"

동섭이가 안색이 변하면서,

"그놈이 그럴 리가 있나요?"

한다. 나는 한 번 더 쐐기를 박았다.

"그래서 나도 듣기가 거북해서 '형한테 똥섭이가 뭐냐?' 했더니, 그놈이 그러던데…."

"뭐라고 해요?"

"이 자식 저 자식 안 한 것도 다행이지…. 안 보는데 똥섭이 보고 똥섭이라고 하면 좀 어때요? 하더라."

꽃으로 맞아도 아프다

동섭이의 얼굴이 벌게졌다. 술이 취해서만은 아닌 것 같았다.

나는 소주잔을 털어 넣으면서 좀 더 심한 말로 확실하게 했어야 되지 않았을까, 하는 생각도 들었지만…. 너무 심하게 이간책을 쓰면, 여기서 바로 전화해서 확인할 수도 있고 오히려 역효과도 날 수 있으니까 이 선에서 마무리를 지었다.

어쨌든 나의 상상력을 발휘한 이간질이 어떠한 결과로 나타날지는 좀 더 두고 볼 일이다. 아니, 이러다 꺽다리한테 내가 맞는 거 아녀? 은근히 쫄린다.

아차 순간에
치사한 놈 된다

너무 덥다. 냉방 잘된 당구장에서 더위도 피할 겸 친구와 당구 한판 치고 나오는 길이다. 도로에 지갑이 떨어져 있는 걸 발견했다. 친구는 앞서가면서도 그걸 발견 못 하고 제 갈 길을 가고 있다.

"야! 너는 눈을 폼으로 달고 다니냐?"

내 장난기 멘트에 친구가 다가와서 우리는 일별하여 지갑 안을 검색했다.

미국 놈 지갑은 아니지만… 지갑 안의 내용이 꽤 두툼하다. 신사임당이 20여 장은 족히 되어 보이고 배춧잎과 알 수 없는 외국돈이 빼곡하다. 주민증을 보니 54년생 부산 남자이다.

"오늘 횡재했다. 저녁은 거하게 한잔해도 되겠다."

내 너스레에 친구 녀석이 그런다.

"주인 찾아 줘, 인마!"

꽃으로 맞아도 아프다

'나 혼자 있었으면 내가 꿀꺽했을 텐데…. 아깝다.'

지갑 안에 명함이 한 장 눈에 띈다. 명함에 있는 폰 번호로 연락을 했다. 전화를 받은 사람이 지갑 주인을 잘 안다고 하면서 그에게 연락하라고 하겠다며 전화번호를 알아 갔다.

몇 분 지나지 않아서 지갑 주인이라는 사람에게서 연락이 왔다. 지갑을 잃은 것조차 몰랐다 하며, 마침 인근에 있다고 하여 내 위치를 알려 주었다.

친구는 너무 덥다며 제 사무실로 들어가고, 나는 도로 옆 그늘진 곳에서 땀을 훔치며 지갑 주인을 기다렸다. 시간이 꽤 걸려 왕짜증이 났지만 지갑 주인이 얼마나 조급해할까 하고 꾹꾹 참고 기다렸다.

"지갑 안에 없어진 것이 있는지 확인해 보시지요."

내 말에 지갑 주인이 그런다.

"신분증과 카드만 없어지지 않으면 됩니다."

이거 뭔 소리여? 지갑 안에 현금은 신경도 안 쓴다는 거여 뭐여?

지갑 주인이 그런다.

"사례는 어떻게 할까요?"

아니, 지가 알아서 사례를 하든지 말든지 하지 뭘 물어? 그리고 '얼마나 할까요'가 아니고 '어떻게'라니….

내 입에서 엉뚱한 소리가 튀어나온다.

"괜찮습니다."

이 사람이 몇 번 고맙다고 하고는 자리를 뜬다.

기분이 별로 안 좋다. 은근히 사례를 바라고 있던 속물인 나를 발견하고는 씁쓸하다.

친구 사무실에 들어가자 친구들이 한마디씩 한다.

"사례는 얼마 받았냐?"

"저녁은 사는 거지?"

이런, 이런… 아뿔싸! 이러한 상황이 전개될 것을 전혀 예측하지 못했구나. 꼼짝없이 사례금을 받고 입 싹 닦을 놈이 될 판이다.

저녁에 술자리에서 나를 의심하지 않는 척하며 친구들이 지갑 주인의 매너가 똥이라고 한마디씩 한다. 난감하다.

"아… 좋은 방법이 있다. 내가 그놈(표현이 놈으로 바뀌었다) 폰 번호가 있으니, 누가 그놈한테 전화 한번 해 봐라. 일정 금액을 사례하는 것이 예의가 아니냐고?"

선뜻 자기가 연락하겠다고 나서는 친구는 없었다.

되었다. 최소한 내가 그 일로 치사한 놈이 되는 건 면한 것 같았다. 좋은 일(?)하고 똥 밟고 미끄러져 자빠질 뻔했다.

꽃으로 맞아도 아프다

한번 해 드릴까?

"내가 저녁 한 끼 사 드릴까?"

남포동 출신의 부산 사나이가, 자갈치 시장 출신의 다른 부산 사나이에게, 밥을 사겠다 한다. 그런데 어째 그 표현이 좀 거시기하다.

그렇게 얘기한 앞에 남포동 부산 사나이는 조오또 없으면서 개폼 잡는 것을 좋아하는, 사장이라 불리는 놈이고, 뒤에 자갈치 부산 사나이는 사업에 실패하여 택시기사를 하고 계시는 분이다.

택시기사 부산 사나이는, 사장이라 불리는 부산 사나이의, 저녁을 사 드린다는 그 표현에 기분이 나쁘다. 얼굴이 벌게지며, 저녁 먹으러 가자는 걸 극구 사양한다.

충청도 사나이인 내가, 아무것도 못 들은 척하고, 택시기사인 부산 사나이를 강권하다시피 하여, 술자리를 겸한 저녁을 함께하였다.

남자들이 술을 하다 보면, 언짢은 일도 툴툴 털어 버리게 되는 거라서, 술도 얼큰히 취했고 어쨌든 술자리도 기분 좋게 끝났다.

그런데… 남포동 부산 사나이가 자갈치 부산 사나이에게, 또 그런다.

"헤어지기 섭섭한데 호프 한 잔 더 사 드릴까?"

충청도 사나이인 내가 얼른 말머리를 채 왔다.

"오늘은 이걸로 끝!"

2차로 호프집에 갔다가는, 택시기사 부산 사나이가 사장 폼을 잡는 부산 사나이에게 상한 자존심 회복을 위해 장갑을 던질 테고, 그리하면 부산 남포동 사나이와 자갈치 시장 사나이가 건곤일척의 승부를 볼 것 같았기 때문이다.

아니… 그런 무림의 드잡이질이 없다 하여도, 호프가 끝나고 나면, 사장이라 불리는 부산 사나이놈이, 택시기사 부산 사나이에게 또 이럴 것 같았기 때문이다.

"노래방에 가서 노래 한번 시켜 드릴까?"

에라이! 개폼만 잡는 쭉정이 부산 남포동 사나이놈아, 너는 집에서 부인과 그 일을 할 때도 개폼을 잡고 그러냐?

"내가 오늘 그 일 한번 해 드릴까?"

하고. 뭐, 내가 보기에는 그 일도 잘할 것 같게 보이지도 않는다만….

용에게만 역린(逆鱗)이 있을까.

사나이 마지막 자존심은 건드리지 말아라.

동창회 총무 잘하면

떠밀리다시피 하여 중학교 동창회 총무를 한 지가 4년여.

뭐 별로 힘든 일도 아니고, 그저 모임이나 주선하고 밥집이나 점검하고…. 동창회장을 쪼매 보좌하는 정도일 뿐이었다.

올해 모임을 끝으로 새로운 동창회 집행부가 꾸려진다. 올해 끝 모임은, 남산길을 걷고 내려와서 장충동에서 식사 및 여흥을 하고 동창회 인수인계를 할 계획을 잡았다.

어제 동창회장과 남산길을 사전 답사하고 식당을 예약하였다. 예약 식당에서 소주 한잔하고 난 뒤 회장 친구가 나하고 갈 데가 있단다. 영문도 모르고 따라나섰다.

느닷없이 끌려(?) 들어간 곳이 신사복 매장. 다짜고짜 정장 한 벌을 고르란다. 그동안 총무 맡아서 고생했다고…. 극구 사양했다. 옥신각

신하니 쪽팔린다고 무조건 자기 말에 따라 달란다.

그 전날 모임에서 5차를 달려서 배 속은 도둑맞은 것처럼 허하지
만…. 친구도 좋고 가을비는 촉촉이 내리고 어제 하루도 촉촉이 술에
젖었다.

중매를 잘하면 양복 한 벌이라는 소리는 들어 봤지만…. 동창회 총무
했다고 양복 한 벌이다. 양복 한 벌에 내가 속없이 실실 어째 실실 웃음
이 난다.

꽃으로 맞아도 아프다

내가 졌다

'서서갈비'에서 마시는데 정말 의외로 손님이 많다.

소주 2병을 땄을 때 그녀가 왔다. 왜 그녀가 여기에 왔는지는 '쉿!'이다.

생각했던 것보다 이쁘고 한참 마시다 보니 성격도 활달하고 서글서글했다. 몇 번의 통화는 있었지만 만나는 건 초면이다. 물론 나와 함께 온 친구도 그녀와는 초면이다.

우리는 기분 좋게 마셨다. 옛날부터 아주아주 많이 친했던 사이처럼…. 정말 즐거운 자리였다. 내가 한잔 더 한자고 했다. 친구 녀석은 노래방엘 가잰다.

내가 졌다. 노래방에서 녀석은, 내가 보아도 반할 정도로 노래도 잘하고 폼도 멋지다. 그녀와 둘이 쿵짝이 맞아 신이 났다. 끝까지 우겨서 노래방엘 오지 말걸 하는 후회가 살며시 들었다.

노래방이 끝나고 녀석이 한잔 더 하자고 우긴다. 나도 그걸 원하고 있었기에 이번에도 내가 졌다.

그녀가 내 옆에 앉아서 잘도 조잘대고 애교도 떤다. 그러면 그렇지. 기분을 만회한 내가 유머스럽게 술자리를 리드했다. 역시 내 진면목이 이런 거지. 어찌 여인이 나를 안 좋아할 수가 있겠어?

녀석은 다소 침체되었는지 별로 말이 없다.

기분이 좋아진 내가 얼른 계산을 하였다. 친구는 먼저 나가고… 계산하는 걸 지켜보고 있던 그녀가 말했다.

"다시 만날 수 있지요?"

"그럼요. 언제라도…."

내 호기로운 대답에 그녀가 조그맣게 말했다.

"저 친구분 꼭 같이 나오시는 거지요?"

꽃으로 맞아도 아프다

변태 아닌 자
먼저 돌을 던져라

"야! 잠 좀 자자. 조용히 좀 해라!"

허름한 여관 옆방에서, 벽을 두드리며 들려오는 소리다.

내가 객지에서 만나서 친형같이 스스럼없이 지내는 형이, 고향인 경상도에서 형수와 서울에 올라왔다.

형은 제천에서 의류 사업을 하다가 실패한 후, 고향에 내려가 얼마간 재충전한 후에 재기를 꿈꾸고자 했는데, 고향에 내려가니 그 꼬라지가 보기 싫은 아버님의 구박이 심하여, 서울에서 새 터전을 찾아보고자 부부가 올라온 것이다.

형이 형수와 서울에 올라오니 땅거미가 내리고 있었다. 청량리의 허름한 여관에 투숙하여, 낯선 곳 낯선 환경에 은근히 동한 부부는 새벽녘에 어른들 하는 일을 하고 있는데, 형수가 너무 비음 교성을 질러, 그

소리가 옆방까지 들리니…. 잠 못 이루는 성질 좀 있는 옆방 놈이, 냅다 소리를 지른 것이다.

형이 그런다.

"방음 안 된 여관에 투숙한 놈이 잘못이지. 그게 내 잘못은 아니잖아."

얼마의 세월이 지난 후, 하루는 술자리에서 형이 그런다. 아침에 식구가 둘러앉아 밥을 먹고 있는데, 딸년이 그러더란다.

"엄마… 제발 소리 좀 지르지 마라. 내가 딸이래두 창피하다."

집안 형편이 여유롭지 못하여 방음이 션찮은 방 몇 개 빌라에 세 들어 살지만 부부 금슬은 남달리 좋았던 것 같다. 아니, 따로 잘 방이 없어서 금슬이 좋아진 것일 게야.

사북 광산촌에 잠시 있을 때 친하게 지내던 형이 있었다.

수년 전, 그 형의 아버님이 돌아가시어 서울에서 장례를 치렀다. 내가 조문을 가지 못해서 미안하여, 형이 장례를 치르고 살고 있는 정선으로 내려가는 길에, 청량리역에서 만나기로 하였다. 조의금을 드리고 소주라도 한잔하고 싶어서였다.

시간 약속을 하고 나갔는데, 약속 시간이 지나도 연락도 안 되고 나타나지도 않는다. 그렇게 1시간여가 지나서 나타난 형과 형수가, 몇 번씩 미안하다고 한다.

열차 시간을 기다리며 술을 한잔했다. 형이 혼자 있을 때 물었다.

"왜 약속 시간에 늦은 거요?"

내 말에 형이 계면쩍어하며 하는 말이….

꽃으로 맞아도 아프다

"마누라가 상중에 상복을 입고 있는 것이 그렇게 섹시하게 보이는 거여. 그래서 자네 만날 시간이 좀 남아 있는 것 같아서, 여관에 들어갔는데… 생각보다 시간이 오래 걸렸네. 미안허이."

'이런 불효막심한 쌍놈이 있나! 아버지 장례식장에서 그 생각이 나더냐?' 이건 내 혼잣말이고…. 그 엽기 성욕이 언뜻(?) 이해될 듯도 하다.

에라이, 이 변태들아!
그런데… 변태 아닌 자, 먼저 돌을 던져라.
너부터 던질래?

허걱,
옆구리에 칼침이

엊그제 정노식이와 술을 마시는데 노식이의 젊었을 때 쌈으로 싹 잡았다는 실화 무용담에 괜히 야코가 죽었다.

1980년대 초, 당시는 지역마다 돼지란 별명을 가진 건달이 있곤 했는데 돼지라 불리던 놈들은 대부분이 감당키 어려운 독종 건달이었다.

강원도 광산지역에 근무할 때다. 그 지역에도 돼지란 별명을 가진 건달이 있었는데, 제천이 과거의 '나와바리'여서인지 '제천돼지'로 불리었다.

어떤 범죄로 검거될 때 이발소에서 면도칼을 휘두르다 체포되어 4년 6개월 징역을 살고 출감해 있었다. 지역 주민들은 이놈만 보면 슬슬 피하고 부딪치기를 꺼렸다.

어느 날, 나이트클럽에서 술을 마시던 중 이놈과 조우했다. 서로 좋은 감정도 아니어서 좀 켕겼지만 서로 아무렇지 않게 인사를 나누고 태

꽃으로 맞아도 아프다

연히 술을 마셨다. 조금 신경이 쓰였지만 곧 잊고 있었다.

그러던 중에 요의를 느껴 화장실에 가서 소변을 보고 있는데…. 아차! 이놈이 따라 들어온다. 그러고는 많은 변기통이 있는데 하필 내 옆에 서서 볼일을 보는 것이었다.

잔뜩 긴장을 하고 이놈의 행동에 온 신경을 집중시키고 있는데…. 갑자기! 옆구리 내 주머니 속으로 놈의 손이 빠르게 들어왔다.

'허~걱! 칼침이…?'

놈이 멋쩍게 씨익 웃으며 말했다.

"학교에서 나와 수금을 좀 하다 보니, 주는 놈들이 많아서…. 노나 씁시다!"

아! 그것은 노란 고무줄로 몇 번을 감아 놓은 지폐 뭉치였다.

나도 씨익 웃으며

"뭘, 쓸데가 많을 텐데… 나한테까지?"

라고 태연히 말했지만…. 이미 오줌 줄기는 뚝 끊어졌고 취기는 삼혼 칠백과 함께 공중 부양해 버렸다.

노식아! 그날은 네 썰에 야코가 죽었지만, 나도 과거에 화려한(?) 건달사가 있었다. 이거 왜 이래?

개도
한 마리 돌아다녔을 거

고향 시골집이 무슨 잔칫날인 것 같다. 사람들이 북적대고 있었고 마당에는 차일이 쳐 있다. 돼지 한 마리가 묶여 있다.

토요일 새벽녘에 꾼 꿈이었다. 돼지꿈이다. 오늘은 복권을 사야지.

저녁때 친구에게서 전화가 왔다. 시골에서 참옻나무를 보내와서 음식점에 옻나무를 가져다주고 오리백숙을 한 마리 주문해 놓았다고 술 한잔하자는 전화였다.

약속 장소로 가는 도중에 복권 파는 집을 찾아 두리번거렸지만 눈에 띄지 않았다.

친구들과 만나니 이미 오리백숙이 상 위에 올려져 있다. 오리백숙의 국물 맛은 친구들과의 우정만큼이나 진하고….

일배 부일배에 어느새 시간은 전철 막차 시간이 다가오고 있었다. 한

꽃으로 맞아도 아프다

잔 더 하자는 걸 용감히 뿌리치고 겨우 막차를 탈수 있었다. 막차를 타는 것이 취미가 되어서인지 이제는 아슬아슬하게 막차를 타는 그 재미가 은근히 쏠쏠하다.

전철 안 의자에 엉덩이를 내려놓으니 무언가 잊어먹은 느낌이 든다.

'그랬구나. 복권을 못 샀구나!'

아뿔싸! 이미 복권 추첨은 지나가 버렸다.

아이고! 아까운 내 돼지를 어쩌란 말이냐?

분명히 몇 억짜리 복권은 되었을 텐데, 돼지를 잡는 꿈을 꾸고 오리를 잡았으니…. 그걸 옻오리백숙과 바꾸었구나!

그래. 새벽녘에 비몽사몽 꾼 꿈이 개꿈이지, 무슨 돼지꿈이었겠어? 가만히 생각해 보니 꿈속에서 마당에 돌아다니던 개가 한 마리 있었던 것도 같다.

'맞아! 아마 개꿈이었을 거야.'

이솝우화의 '여우와 신포도'이다. 포도밭의 포도를 따려고 시도한 여우가 결국 얻지 못하자 그 포도를 보고 "어차피 신 포도라 못 먹을 거야!"라고 생각하고 포기하고 떠나는 내용이다.

나도 스스로 그렇게 위로할밖에…. 분명히 돼지꿈이 아니라, 개꿈이었어.

어쨌든 효험 못 본 돼지꿈이 오리백숙 탓이니 어거지를 써서, 친구에게 복권값으로 오리고기나 몇 번 더 얻어먹는 것으로 마음을 편하게 먹었다.

땀을 바가지로
흘린 이야기

"형님! 어디세요?"

"자네는 어디 있는데…?"

"종로3가 전철에서 내려 역 안에 있습니다."

"알았어. 나가지 말고 거기 있어."

하고는 전화를 일방적으로 끊어 버린다.

'아니, 지하 전철역 안이 얼마나 넓은데 어딘지 묻지도 않고….'

더위 속에 아무리 기다려도 선배님은 오시지 않는다. 기다리다 지쳐서 전화를 했다.

"어딘데요? 제가 있는 곳은 1번 출구 안쪽입니다."

"알았어, 그리로 갈게."

그 뒤로 또 한참을 기다렸으나 사람이 나타나질 않는다. 염천 더위에 땀은 계속해서 흐르고…. 연신 손수건으로 땀을 훔치며 최대의 인내심

꽃으로 맞아도 아프다

으로 기다렸다.

더 이상 기다릴 수 없는 한계점에 이르러 또다시 전화를 했다.

"도대체 어디 계세요?"

"응, 3번 출구 안인데…. 자네는 어디여?"

"아니? 1번 출구 안쪽이라니까요 제가 그리로 갈 테니 거기서 기다리세요."

'기다리세요.'의 '세요'가 채 끝나기도 전에 전화를 끊어 버린다. 푹푹 찌는 찜통 속에 열이 올라, 머리에서는 김이 오르고 얼굴에서는 물이 흐른다.

이러기를 수차례…. 지나가시던 어르신이, 내가 더위에 혓바닥을 빼고 헉헉거리는 도그로 보였는지, 커다란 쥘부채로 나에게 바람을 일으켜 주신다.

"고맙습니다. 이제 되었습니다."

하고 사양했더니, 어르신이 계속 부채질을 해 주며,

"좀 나아질 겨."

하신다. 정말 조금 나아지는 것 같다. 웃으며 고맙다고 하고 나니, 끓어오르는 성질이 조금 누그러지는 느낌이다.

다시 전화를 했다. 이번에는 내가 얼른 먼저 말했다.

"제가 갑니다. 위치만 말씀하세요."

"1번 출구 안에 다 와 가네."

하고는 또 끊는다.

"으이그!"

그렇게 그렇게, 어렵게 어렵게…. 8월 염천에 선배와 나의 상봉은 지하철에 역 안에서 이루어졌다. 1년여 만에 만나자는 선배님의 전화를 받고 나갔다가 벌어진 상황이었다.

술잔을 마주하고,

"아니, 어디서 만나자고 장소를 정해 약속하면, 거기서 만나면 되지. 간첩 접선도 아니고…."

했더니,

"이 사람아, 자네가 안주로 뭘 좋아할지 모르니 만나서 마실 장소를 찾으려 했던 거 아닌가?"

"바가지로 흘린 땀과 부글부글 끓던 내 성질은 어쩌고? 너도 그렇게 머리에 김 나며 3~40분을 기다려 봐라!"

그러나 그 말은 삼켰다. 후배가 그랬다면 그놈은 나한테 죽었다. 갈증이 나 연거푸 소맥을 몇 잔 들이켰더니, 어느새 머리에 김도 나지 않고 얼굴에 물도 흐르지 않았다.

무슨 특별한 용무가 있는 것도 아니고…. 만난 지 오래되었다. '술 한 잔하자.' 철없고 속없는 남자들이 바가지로 땀을 흘리는 이유 같지 않은 이유이다.

마누라가 무슨 일로 이렇게 하고 오라고 하면, 아마 이혼 하자고 했을 게다. 앞으로 다시는 만나는 장소를 지하철역으로 정하나 봐라.

아니지? 나도 한번은 어느 후배든, 누군가를 지하철 역 안으로 불러내야 되는 거 아닌가? 이 삼복더위가 가기 전에….

꽃으로 맞아도 아프다

술꾼은

석양(夕陽)의
가로등 위에 낭만 까치

어느 둥지를 찾아서
날아갈까

두리번
잠시 한 호흡 멈춘다.

아마도
친구 찾아서

술 둥지로 날아가겠지.

P.S. 술이 고픈 저녁에….

가진 것 달라는데

휴일이라서 방구석에 뒹굴거리는데 친구가 부채 몇 점 해 달란다.

"소주 살래?"

했더니, 그런단다. 하루 종일 부채 20개 써 주고 소주 한잔 얻어 마셨다. 할 줄 아는 거 해 달라는데 안 해 줄 수 없었다.

당신은 가진 거 알고 달라는데 안 줄 수 있나?

꽃으로 맞아도 아프다

코로나 시국의
결혼식과 친구들

1

"식권이 떨어져서 그냥 돌아가야 될 것 같다."

결혼식장에 늦게 도착한 친구에게서 온 문자이다.

피로연 입장 손님을 50명으로 제한하니 식권도 50장이라서, 51번 손님부터는 잔칫집에 갔다가 뒤돌아 가야 하는 코로나19의 신미풍양속(?)이다.

"잠깐 기다려 봐라. 내가 어떻게 해 볼게."

식당 입장 시에 식권을 받는 분에게 가서 사정을 얘기했다. 자기들도 그냥 들어오게 할 수는 없다고 난감해한다.

아무리 법이 그렇다 해도 어쩔 수 없는 사정이 있을 수 있는 거 아니냐.

대전에서 올라오신 혼주의 은사 되시는 분이 제자의 개혼을 축하하러 오셨다가 밥도 한 끼 못 드시고 돌아서서 도로 내려가셔야 할 상황이니 융통성 있게 해 달라 했더니, 그러면 들어오셔서 확인증을 쓰시고 입장하시라고 방법을 제시한다.

친구를 은사님으로 둔갑시켜서 어렵게 친구가 피로연장에 들어올 수 있었다. 6명 좌석에 2명씩 마주 보고 식사를 해야 하니 친구들과 모여 앉아 정담을 나누기도 쉽지 않아서 서로 찾아다니면서 잔을 주고받는 그림이다.

2

5명 이상은 모임을 할 수 없다 하니 결혼식이 끝나고 친구들 중에 4명으로 줄여 모이기가 쉽지 않다. 누구를 빼고 누구를 넣기가 민망스럽고 여간 난해한 것이 아니다.

어쨌든 친구 4명이 뭉쳤다. 결혼식에 가면서부터 예견된 상황이니…. 아니, 예견이라기보다는 그것이 주 목적이었던 것 같다.

술병이 몇 병이 비어졌는지 나중에는 식탁 위에 빈 병을 세워 두기가 주위에 민망하여서 술병이 비워지는 대로 바로바로 식탁 밑으로 내려졌다.

고향 동창 친구들이다 보니 대화가 유년기와 청장년, 노년에 접어드는 현재까지를 거침없이 넘나든다. 결국 한 번의 술좌석으로 끝나지 못하고 2차는 주인의 독촉에 어쩔 수 없이 궁둥이를 들 때까지였다.

오후 2시부터 9시까지…. 그래, 아직은 짱짱하다.

그러나 대화 중에 못짱짱에 관한 시크릿 하나. 친구들 중 마누라하고 한 이불을 덮고 자는 놈은 한 명도 없었다. 마누라하고 응응 한 지가 5개월은 되었다는 한 친구의 말에, 나머지 세 놈이 이구동성으로 거의 동시에 한 말.

"야! 뻥 좀 치지 마라."

고래나 좀 잡아라

인사동 골목에서 후배 두 명과 간단히 한잔하는 중이다

날씨도 끄물끄물하더니 그만 일어서서(이슬비) 가라(가랑비)고 이슬비 섞어서 가랑비가 내린다. 마시면서 친한 친구들이나 친하지 않은 여인들을 안주로 하지 않았음은 당연하다.

그런데 어디 그게 간단히 한잔으로 끝나지나. 1차를 끝내고 슬슬 걷다 보니 광장시장이었다. 1차로 끝내기는 아쉽다는 공감대가 은연중 형성되어 있었으니 발길이 술을 찾아간 것은 정한 이치였을 게다.

서서히 땅거미가 내려앉는 시각.

시장 안은 이미 불빛이 취객을 유혹하고 있었다. 시장 안에서 한 병두 병 이슬이를 죽여 가던 중, 친한 친구 사이인 두 녀석이 뭔가 말씨름을 하는가 싶더니….

꽃으로 맞아도 아프다

한 녀석이 벌떡 일어나서 겟말을 끄르고 자신의 바지와 빤스를 한꺼번에 까 내리면서 일갈을 한다.

"야 봐라! 이 정도면 안 되냐?"

물건이 덜렁거린다.

기겁하고 다급해진 내가 얼른 녀석의 바지춤을 끌어 올렸다. 말씨름의 자세한 내용은 모르겠으나…. 아마 방사 중에는 기술이 좋아야 하냐 물건이 좋아야 하냐는 쓸데없고 시시한 언쟁이 있다가 물건 좋다고 공감(?)치던 그 녀석이 열을 받은 것 같다.

여기가 어딘가? 장안의 소시민들이 전 조각 하나 순대국 하나에, 소주 한잔 걸치기 위해 기다란 나무 의자에 남녀노소 없이 궁둥이를 걸치고 앉아 어깨를 부딪치며 한잔하는 북새통 시장 안이 아닌가?

앞에 옆에 앉은 서울시민 전부가 앉아 있는 중인환시 중에 그런 일을 하다니…. 징역 가기 꼭 좋다.

녀석을 삐그덕거리는 나무 의자에 눌러 앉히고 나니, 녀석은 씩씩대고 있는데 슬그머니 웃음이 나온다.

"그래. 네 물건이 그 정도면 썩 괜찮다고 생각하는 것은 네 맘인데…. 이제 나이도 오십이 훨 지났으니, 포경수술이나 좀 해라!"

하고 웃음을 참고 정색을 하고 말해 주었다.

이 재미있는 세상, 술 한잔에 웃음 한 번 크게 웃고 그렇게 하루가 간다.

남들은 그러더라. 술 조심하라고, 건강은 건강할 때 지켜야 한다고….

나는 그러더라. 술은 건강할 때 마시라고, 건강을 잃으면 그때는 술도 못 마신다고….

벌써 6~7년 전 피 끓는 젊은이(?)적 얘기다. 피가 안 끓는다고 술도 못 마시겠나? 오늘도 그날처럼 꾸무럭한 날씨에 어디 광장시장에서라도 한잔 땡길 놈 없을까? 아니, 그런 여인 없을까?

이제는 피도 끓지 않는데도 남자놈들하고만 마시는 게 조합이 그렇게 썩 좋은 것 같지만은 않다. 남자 열 명에 최소한 여인 한 분은 끼어 있어야…!

콩팥이랑께요

교대역 10번 출구 골목 안.

변호사 사무실이 대부분인 건물에 친구의 사무실이 있었다. 친구가 소주 한잔하자 해서 이전한 사무실을 찾아간 것이다.

사람들이 변호사 사무실인 줄 알겠다 하는 내 농에 나보고 변호사님 이시냐고 묻는 놈이 있는데, 이참에 변호사라고 사기 좀 쳐야겠다고 웃지도 않고 친구가 그런다.

낮부터 술 한잔하기도 이르고 날씨도 덥고 하여 사무실 에어컨 아래 죽치고 있는데 늙은 건달(?) 뚱땡이가 땀을 훔치며 들어온다. 친구와는 동향 연하로 자주 만나는 사이라서 나도 잘 아는 친구이다.

그냥 인사로 한마디 건넸다.

"요즘도 술 많이 마시냐?"

녀석이 심각하게 하는 말이

“아뇨. 요새 신장이 안 좋다고 의사가 금주하라고 해서 술을 참으려니 죽을 맛입니다.”

“그런 일이 있구나. 콩팥은 한번 망가지면 떼어야 된다는데 조심해야겠다.”

했더니 녀석이 정색을 하고 그런다.

“신장이 안 좋다니까요.”

나도 무심히 그랬다.

“콩팥은 하나만 있어도 괜찮다던데….”

그러자 녀석이 다소 퉁명스럽게 대들 듯이 말한다.

“아, 형님! 신장이랑께요..”

나도 또 그랬다.

“그래, 콩팥!”

“참내! 신장이랑께요. 심장 아니고.”

대화를 듣고 있던 친구가 배꼽을 잡고 뒤집어진다. 내가 친구에게 그랬다.

“폐에 바람 들어갔냐? 그만 웃어라. 아니지… 폐에 바람 들어간 것이 아니고 허파에 바람 들어갔냐?”

녀석이 기분 나쁜 표정으로 우리에게 그런다.

“나, 놀리는 거지요? 갈랍니다.”

“다른 데 멀리 갈 것 없이 앞에 ‘이남장’에 가서 수육 안주로 소주 한잔 하자.”

했더니 녀석이 먼저 날름 대답한다.

“그게 좋겠네요.”

꽃으로 맞아도 아프다

"자네는 술 마시면 안 되잖아?"

녀석이 조금 전에 '갈랍니다' 한 말은 잊었는지….

"수육도 못 먹간디요."

재밌다. 쓸개(膽) 빠진 놈 같으니…. 쓸개 빠진 놈은 심한 표현이고, 단순 무식 순수해서 좋다. 이런 친구가 할 말은 다 하고 가식이 없어서 남을 속일 줄도 모르고 좋은 사람이라는 것이 내 생각이다.

녀석은 수육만 먹고, 우리는 소주만 많이 마셨다.

신장이 콩팥이든 폐가 허파이든 쓸개가 담이든 내 알 바 아니다.

"콩팥 아니고 신장이랑께요!"

괴주교착(觥籌交錯)

오늘의 일정. 육탄용사 호국정신 선양회가 주최하는 베티고지의 영웅들인 '김만술 소위와 육탄35용사 합동추도식'에 일반 추모객으로 참석 후 현충원 참배에 따라갔다(?) 와서 오후 2시 이후에는 친구 2명과 당구 한 판 때리고 코로나 4단계에 따라 6시까지 술(酒) 풀 것임.

그런데… 아침 8시가 안 되어 카톡이 온다. 30년 의형제 동생 동섭이다.

"형님, 점심 먹읍시다. 오늘이 제 환갑입니다."

"오잉! 네가 벌써 환갑이라고…!"

즉시 오늘의 일정은 급 수정되었다. 사람들이 시끌벅적 모일 시국은 아니나 환갑오찬을(?) 형하고 하고 싶다니 달나라에 가 있어도 급거 귀국해야 될 판이다.

　　　　　　　　　　　　　　　　　　　　꽃으로 맞아도 아프다

1차는 소맥에 갈비. 주안상 앞에 놓고…. 여기서 주목해야 할 것은 주안(酒按)으로 주(酒)인 소맥이 우선이라는 것이다.

2차는 에어컨 빵빵한 맥주집에서, 3차는 코인노래방에서 두 음치가 고래고래 악(?)을 쓰는 사이 세찬 소나기가 한바탕 지나갔고 밖에 공기는 무더위를 어느 정도 물렸거라 하고 있었다.

헤어지기 섭하다는 핑계로 두 사내는 쇠주 딱 각 1병만을 다짐하며 4차로 주점의 문을 들어서고 있었다. 어느새 저녁 6시는 다가오고 있었고….

혈연 · 지연 · 학연 어느 것 하나 동질성이 없는 사이에 그냥 형님 동생으로 만난 지 30여 년. 세월은 두 사내를 60 연륜의 초로로 만들고 있었다.

고향이 제주도인 동생은 몇 년 전에 제주 연동에 '하워드 존슨'이란 호텔을 지어서 잘되나 싶었는데 '사드'로 중국 관광객이 뚝 끊겨서 힘들더니, 코로나까지 겹재로 오자 Pf 채무를 감당키 어려웠던지 몇 개월 전호텔을 정리하였다.

이 상황에 빚은 정리될 만큼으로 호텔을 넘길 수 있었는지 싶었지만, 아픈 마음을 건드릴까 봐서 물어보진 않았다. 녀석은 지금도 늘 자신만만 씩씩하니까.

내일(토)은 애들과 같이하기로 했다면서 약간 비틀거리며 가는 뒷모습 어깨에 어김없이 세월의 무게가 내려앉아 있는 것 같았지만….

누구에게나 비껴가지 않는 세월. 그거 별거 아니다.

"형님, 이제 1살이고 시작입니다."

하는 호기에,

"그래 네 말이 맞다. 환갑은 새로운 인생의 원년이 맞다. 너의 그 호기가 좋다."

한 번 오는 육순 축하할 친구들이 왜 없겠냐마는, 굉주교착(觥籌交錯). 단둘의 잔치는 작지만 성대하였다. 이제는 새로운 인연을 만들기보다는 지나간 인연을 소중히 해야 할 연륜이다.

오늘도 여느 날처럼 그저 평범한 일상이 있을 뿐이고, 또 그 일상은 평범하게 계속될 것이다.

꽃으로 맞아도 아프다

4 · 가빈이 이야기

세상에
이렇게 힘든 일이

아들이, 아니 아들 내외가 식탁 예닐곱 개 좁게 앉히는 조그마한 식당을 개업한다고 며칠만 손녀를 봐 달라고 하여 갸들이 살고 있는 대전에 내려갔었다.

아들 내외는 가게에 나가고, 아내는 며느리의 살림살이가 마음에 안 드는지 연신 구시렁거리면서도 빨래하랴 집안 청소하랴 바쁘고….

나는 15개월여 된 손녀 가빈이와 놀아 주는 게 임무인데…. 처음에는 낯가림이 심해 손도 못 대게 하던 녀석이 시간이 지남에 따라 안아 주지 않으면 하루 종일 악을 써 대고 울어 대고, 또 안고 있으면 이리 가라 저리 가라 몸을 비비 틀고 뒤로 넘어지고 하니 도저히 불감당이라….

"아야… 야!"

무슨 소리냐고? 이건 내가 갑작스런 아픔에 자지러지는 소리이다.

가빈이를 부르니 쏜살같이 무릎걸음으로 다가와 내 목을 끌어안고 까

꽃으로 맞아도 아프다

치발로 서서 팬티 바람으로 앉아 있는 나를 짓이기는데…. 어쩌다가 가빈이의 까치발 맨발 발가락 끝이 내 중요한 거시기의 껍데기를 집은 것이다.

아주 오래전 옛날 옛적에 왜 그랬는지 기억이 안 나지만 팬티를 안 입고 맨바지만 입고 지퍼를 올리다 지퍼에 거시기가 집혔는데 그 아픔이라니…. 그 아픔을 살짝 다시 경험한 것이다.

저녁에 일을 마치고 집에 들어온 아들과 한잔하면서 그 얘기를 했더니 아들이 낄낄대면서 그런다.

"가빈이가 삼촌이나 고모가 태어나는 게 싫은 게지요."

그렇게 며칠을 가빈이에게 시달리고(?) 나니 온몸은 매를 작신 맞은 것처럼(매 맞아 본 적은 없지만) 안 아픈 곳이 없고 국민학교 때 가을운동회를 마친 것처럼 몸은 천근만근인 것이 세상에 힘든 일이 애 보는 일이고 자기 새끼 아니면 할 수 없는 일이라…. 인생살이가 이렇게 힘들면 어찌 견디랴 싶다. 어쩌다가 장난감을 가지고 놀다가 할아버지를 빤히 쳐다보는 가빈이를 보고 그랬다.

"가빈아! 모처럼 얌전히 앉아 계시니 너와는 연령 차이가 쪼매 나기는 한다만 이참에 할아버지와 인생에 대해서 심도 있는 토론이나 한번 해 보자."

그 말을 들은 아내가 그런다.

"나도 힘든 건 마찬가지이니 그 토론에 나도 좀 껴 주시우."

돌아오는데 배웅하는 며느리에게 아내가 한마디 한다.

"너희가 정 어려우면 우리가 가빈이 봐주는 거 한번 생각해 볼 테니 이왕 시작한 거 열심히 해 봐라."

'잉! 뭐시라? 애를 봐준다고? 이 여편네가 뭔 정신 나간 소리여?'

물론 이 말은 내가 속으로 한 말이고 내 입에서 나온 말은 이랬다.

"힘들면 전화해라. 가끔 내려와서 가빈이를 봐주마."

가빈이에게는 변하지 않는 순서가 있다. 평소에 아무리 내 목에 매달리고 안 떨어진다고 해서 할아버지를 최고 좋아 한다고 생각하면, 그건 매우 큰 착각이다.

아빠만 보이면 할아버지 목에 매달려 있다가도 할아버지는 언제 보았더냐 하고 제 아빠한테 안긴다. 제 엄마가 나타나면 역시 아빠는 찬밥 신세이다.

엄마, 아빠, 할아버지, 할머니…. 할아버지와 할머니는 가끔 순서가 바뀌기도 한다. 한 치 건너 두 치가 확실하다.

어디 경비나 미화원으로 취업할 데 없으려나?

꽃으로 맞아도 아프다

물건이라니

"우리 이쁜 가빈이 왔구나!"

두 팔을 벌리니 손녀 가빈이가 담쏙 품으로 들어와 안긴다. 아침에 일찍 잠을 깬 가빈이가 통통거리며 할부지 할무니 방에 들어온 것이다.

안아 주고 빨아 주고 하다가 일어나 이부자리를 개고 있었다.

"이게 모야?"

가빈이가 서서 이부자리를 개고 있는 바로 내 앞에서 내 거시기를 손가락 끝으로 콕 찌르며 빤히 나를 쳐다본다.

아차차! 입고 있는 사각 트렁크 빤스 다리 사이에서 나의 '외눈박이 영감'이 빼꼼히 머리 부분을 내 보이고 있는 것이 아닌가. 그 순간 참을 새도 없이 큰 소리로 웃음이 터졌다.

가빈이가 초롱한 눈으로 이번에는 할무이를 바라보며 또 내 '외눈박이 영감'을 콕 찌른다.

"할무이, 이게 모야?"

아내가 도저히 웃음을 참지 못하고 킥킥대며 그런다.

"가빈아, 그거 할부지 쉬 하는 물건이야."

괴상한 물건을 처음 본 가빈이는 도대체 이해가 안 가는지 갸우뚱하면서도 곧 잊어버린다.

이런! 쉬하는 물건이라니? 어차피 쉬하는 데만 쓰는 거래도 이왕이면 '물건'보다는 '연장'이라 불러 주지. 일도 오래 했는데….

아침을 먹으며 아들이 그런다.

"이른 아침부터 무슨 좋은 일이 있었어요? 두 분 웃음소리가 굉장하던데요."

내가 얼른 대답했다.

"가빈이한테 무슨 물건 설명해 주다가 그런 일이 있었다."

아내는 혼자 킥킥댄다.

"밥풀 튄다!"

늙으면 어린애로 돌아간다더니….

오호라! 어렸을 때 오줌만 누던 물건이 이제 다시 그 물건으로 돌아갈 때가 가까이 된 것 같다. 허나 팔십 노인도 새벽에 한 번은 꿈틀한다는데, 등애거사 어린(?) 놈이 너무 엄살을 떠는 것 같다.

꽃으로 맞아도 아프다

핑퐁 놀이

"하부지한테 해 달라고 해라!"

가빈이가 뒤뚱거리며 달려와 내게 손을 내민다.

"가빈아! 할무이한테 가서 까까 달라고 해라!"

나를 멀뚱히 쳐다보던 가빈이가 또 오리처럼 뒤뚱거리며 할머니에게 가서 안긴다. 오늘도 나와 내 아내는 가빈이를 돌보면서(?) 핑퐁 놀이를 한다.

잠깐 한눈을 팔면 천지개벽이다. 제대로 제자리에 남아 있는 것이 없다. 눈에 보이는 것, 손에 잡히는 것은 모두 폭탄 맞은 것처럼 난장판이다. 아차 순간에 방바닥이고 벽이고는 오색의 크레용에 의해 낙서장이되고 고구려 벽화의 수렵도, 무용도가 된다.

아내는 아연실색. 머리 위에 뿜어 나오는 수증기가 눈에 보인다. 평소 같으면 절대 감정 조절이 안 되겠지만…. 하지만 속수무책, 그저 웃을 수밖에…. 말릴 수도 없다.

말리는 순간 필살기가 나온다. 뒤로 넘어지고 방바닥에 엎드려 대성 통곡을 하고…. 항복이다. 무조건 항복이다.

가빈이는 쉴 새 없이 '하부지', '할무이'를 찾고 그 말에 감격하는 아내와 나는 수시로 이유식과 우유병, 간식을 들고 뒤뚱거리는 가빈이를 쫓아다니면서 한 입만 더 먹으라고 갖은 아양을 다 떤다.

16개월여 된 가빈이는, 제 사진을 찍으려고 핸드폰을 들이대면 표정부터 관리에 들어간다.

이제 제 아빠 엄마가 가빈이를 맡겨 놓은 일주일이 3일 남았는데, 첫날은 길기만 했던 시간이 자꾸 아쉬워지니 시간이 안 갔으면 좋은 건지 빨리 갔으면 좋은 건지 도통 갈피를 잡지 못하겠다.

거 참! 알 수 없는 일이다.

꽃으로 맞아도 아프다

똥에도 촌수가 있다

　어쩌다가 26개월 된 손녀 가빈의 소꿉놀이 친구가 되어 버렸다. 정확하게 말하면, 가빈이의 '시다바리'이다. 손을 까딱하며 오라면 가빈이한테 가고 손짓으로 저리 가라 하면 가라는 데로 가고….

　가빈이의 시다바리가 되어서 처음에 가장 어려운 일이 응가한 기저귀 갈아 주는 일이더라. 작업 중에 홀딱 뒤집어져서 무릎걸음이 되면 낭패도 그런 낭패가 없다. 손에 똥을 묻히게 되는 것은 다반사이다. 이제는 웬만큼 숙달된 조교가 되었지만….

　가빈이의 할머니는 가빈이가 응가를 하면 대충 후딱 마무리하고는 애를 번쩍 안고 곧바로 화장실로 향한다. 물로 확실한 뒤처리를 해 주려 함이다.

　내가 응가한 가빈이의 뒤처리를 해 주고 있는데 꼬마 숙녀께서 당연한 것처럼 먼저 벌떡 일어나 화장실로 달려간다. 뒤따라가서 뒤를 씻어 주려는데 가빈이가 샤워기를 잡고 물장난을 하면서 도대체 협조해 주지를 않는다. 그러니 어설프고 요령이 없는 나는 어쩔 수 없이 손에 똥을 묻히면서 씻어 줄밖에….

저녁 식탁이다. 내가 그 얘기를 했더니 아들이 그런다.
"아버지는 가빈이 똥이 더럽지 않았어요?"
"아니… 더러운 줄 모르겠더라."
아내가 그런다.
"똥에도 촌수가 있나 보다."
그래 그렇구나. 그럴듯하다. 남의 애라면 똥이 더러운 줄 모르고 서슴없이 똥을 만질까….
하기는, 밥 먹으면서 똥 이야기를 하는데도 아무도 역겨워하지 않고 맛있게 식사를 한다. 아무래도 촌수가 너무 가까운 까닭인 듯하다.
똥에도 촌수가 있다! 만고진리 명언이다. 성경 어딘가에 쓰여 있는데 나만 모르는 거 아닐까?

　　　　　　　　　　　　　　　　꽃으로 맞아도 아프다

가빈아 건강하게만 자라거라!

가빈아, 건강하게만 자라거라.

더도 말고 덜도 말고

그저 할아버지 할머니의 바람은 그것뿐이다.

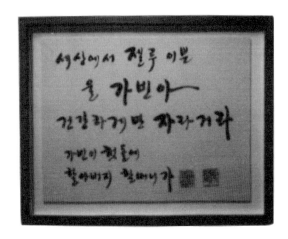

10년 세월이 흐르면

6개월여 전만 해도 우리 손녀 가빈이가 기저귀를 차고 넘어질 듯 자빠질 듯 뒤뚱거리며 걸어서 보고 있는 시선을 불안케 하더니….

이제는 기저귀는 벗어 버리었고 손을 잡고 걷다가 아차 손을 뿌리치고 냅다 뛰면, 흰머리 소년인 할애비가 따라잡기에는 심히 숨이 차다.

6개월여 전에는 알아듣기 힘든 방언으로 말을 걸어와서 믿음이 깊지 못한 할애비가 알아듣지를 못하여 당혹스럽게 하더니, 이제는 말끝마다 "왜?"냐고 끝없이 질문하고 조잘대어서 노소간 63년 언어의 격차가 허망하게 무너진다.

저녁 시간. 가빈이가 제 아빠와 쉴 새 없이 의사소통 중이다. 분명히 31개월째 들어가는 어린애인데 말씀(?)은 애늙은이이다. 그런 가빈이를 보고 아들이 그런다.

꽃으로 맞아도 아프다

"이제 우리 가빈이가 눈 깜짝할 새 열 살이 되겠네요."

가빈이를 돌보아 주고 있는 우리에게 향한 미안함을 에둘러서 가빈이가 금방 자랄 것이고 그러면 돌봄이 좀 수월할 것입니다, 하는 표현으로 들린다.

글쎄…. 그저 세월이 지나면 애들이야 우후죽순처럼 하루가 다르게 성장하겠고 지나간 세월은 기억이나 하겠냐만….

아들아!

네 딸이 건강하고 이쁘고 무탈하게 쑥쑥 자라는 건 금방 10년이지만, 같이 지나가는 그 세월 속에 아버지 어머니의 남은 평생도 눈 깜짝할 새 그 안에 녹아들어 있다는 걸 모르느냐?

아버지 어머니에게는 가빈이에게 매달리며 가는, 남은 세월은 참으로 짧고 속절없다는 것을…. 뭐 그렇다고 그걸 좀 알아 달라는 건 아니다.

세월은 무한하고 인생은 유한함에 해 지는 서녘을 바라보고 길게 서 있는 그림자는 애잔하다.

어쨌든, 늙은 흰머리 소년은 새 중에서 '눈 깜짝할 새'가 제일로 얄밉더라.

해어화(解語花) 1

말을 알아듣는 꽃.

당나라 현종이 양귀비를 그리 불렀다는, 보통은 미인을 칭하기도 하고, 기생을 그리 불렀다고도 한다.

"쉿!"

손녀 가빈이가 손가락을 입에 가로질러 대고 조용히 하라고 하는 소리이다. 까치발을 하고 키를 늘려 문손잡이를 겨우 잡아 문을 닫으며 할머니 방에서 나온다.

보니… 아내가 피곤한지 침대에 누워 있고 가빈이는 할머니를 깨울까 봐서 발꿈치를 들고 걸어 나오며 문을 닫으면서 나를 조심시키는 것이다.

그러고는 내 뒤에 오더니 쇠방망이(?) 같은 주먹으로 내 어깨를 두드리며 안마를 해 준다.

꽃으로 맞아도 아프다

"하부지, 시원해?"

손녀딸의 손길에 할아버지 등애거사의 굳어 있던 어깨 근육이 솜처럼 풀린다.

"고마워."

가빈이가 천연덕스럽게 대답한다.

"괜찮아."

오전 10시.

아내랑 가빈이를 어린이집에 데려다주러 갔다. 새로운 선생님이란 분이 가빈이를 맞는다. 그런데 낯가림이 심한 가빈이가 낯선 선생님한테 가지 않으려고 막무가내로 울면서 할머니에게 매달린다.

가빈이를 데리고 나가 놀이터에서 달래다 달래다 결국 포기하고 돌아섰다. 오늘따라 날씨는 푹푹 찌고 가빈이가 미워 죽겠다.

하루가 가도 몇 마디 대화만 있을 뿐 아내와 둘이 골난 사람들처럼 지내는 집안이 요즘에는 가빈이와 싸우는 소리, 가빈이와 대화하며 웃는 소리에 하루가 어찌 가는지….

가빈이는 우리를 울리기도 하고 웃게도 하는 요술쟁이이다.

우리 집의 해어화(解語花).

미인이 될지는 아직 모르겠고 기생은 더더욱 가당치도 않지만….

우리 집의 꽃. 한마디 하면 두 마디를 알아듣고 기상천외한 말이 수시로 튀어나와서 우리를 박장대소케 하는, 이제 30개월 된 우리 가빈이는 말을 알아듣고 말을 하는 우리 집의 진정한 해어화(解語花)이다.

지금도 거실에서는 가빈이와 할머니가 싸우는 소리로 시끄럽다. 조금 있으면 어김없이 까르르 웃음소리가 들릴 것이다.

해어화(解語花) 2

"가빈아! 그만 집에 들어가자아~"

"시여… 안 갈 꼬야!"

놀이터에서 럭비공 같은 손녀 가빈이를 쫓아다닌 지 1시간여가 지났다. 63년 나이 차이가 나는 할애비가 힘겹다.

미끄럼틀을 오르락내리락하는 걸,

"그러면 한 번만 더 타고 들어가기로 하자."

새끼손가락을 걸고 도장을 찍고 복사를 한 것이 몇 번인지 모르겠는데, 여전히 가빈이는 들어갈 생각이 없으시다. 번쩍 안고 들어가면 되겠지만, 그 뒷감당의 후환이 두려워 엄두를 못 낸다.

천신만고 끝에 집에 들어와서 씻기고 나면, 이제는 먹이는 전쟁이 시작된다. 할머니는 밥그릇을 들고 쫓아다니고 가빈이는 선심 쓰듯이 맘이 내키면 새 새끼처럼 입을 벌려 어쩌다 한 숟가락씩 받아먹는다.

상전도 그런 상전이 없다. 완전 깨진 똥단지이다. 조심스럽다. 언제 깨진 똥단지에서 똥이 샐지 모른다. 치사빤스다.

아파트 같은 동에 사시는 60대 초쯤의 아주머니 한 분이 아침 어린이집 갈 시간이면 손녀를 데리고 나오셔서 자주 우리와 만나다 보니 서로 인사를 하고 지낸다.

그 아주머니는 외손자와 외손녀를 돌보고 계신다는데, 오빠인 외손자는 딸(애기 엄마)이 일찍 승용차로 유치원에 데리고 가고 할머니는 그 뒤에 4살 된 외손녀를 어린이집에 데리고 가시는데, 손녀한테서 눈을 떼지 못하고 대화는 건성건성이시다.

손녀를 깨진 똥단지 다루듯 하시는 것이 확연하다. 우리와 동병상련이다.

오후가 되면 아파트 놀이터는 애들이 뛰노는 소리로 시끄럽다.

주로 유아에서 초등학교 저학년 애들인데, 애 한 명에 젊은 엄마나 연세 드신 할머니나 할아버지 한 분이 붙박이로 붙어 있다.

똥단지 하나에 똥단지 모시는 분 한 분…. 깨진 똥단지들!

내 표현이다. 애들을 깨진 똥단지가 아니라 신주단지 모시듯 하는 세상에 적절한 표현은 아니겠지만. 하긴 신주단지가 뭔지도 모르는 시대에 '신주단지 모시듯'이란 표현도 적절치는 않은 것 같다.

세수를 하고 무심코 수건 한 장을 뽑아 든다. 이걸 본 아내가 기겁(?)을 하며 쏘아 대신다.

꽃으로 맞아도 아프다

"노란색 수건은 가빈이 것이니 쓰지 말라고 했잖아!"

이런, 이런! 깨진 똥단지 것이구나! 집안에서 순번이 꼴찌인 내가 순번이 단연 1번인 깨진 똥단지 물건에 손을 댔구나. 네 죄를 네가 알렸다.

그래, 똥단지가 무서워서 피하냐? 똥단지 깨지면 똥이 샐까 봐 더러워서 피하는 거지. 일단 피하자.

그런데, 똥단지 우리 가빈이가 어린이집에서 집에 올 시간인 5시가 다 되어 가니 자꾸만 시계에 눈길이 간다.

똥단지도 내겐 보물단지.

보물단지는 가빈이.

새는 똥은 할애비 꺼.

야가 갸여?

"야가 갸여?"

"그래… 갸여."

내가 묻고 선배님이 대답했다.

선배님과 함께 몇 명이 횟집에서 한잔하고 있는데, 열 살 정도의 꼬마가 선배님을 보고 '아빠' 하고 들어온다. 선배님이 10년 전인 선배님 연세가 61세에 낳은 늦둥이 아들이다.

이 녀석이 할아버지 같은 제 아부지 곁에 앉더니, 서슴없이 이것저것 집어 먹는다. 회도 자주 먹어 보았는지, 회의 맛있는 배포 부분만 날름날름 집어 먹는다.

선배님이 그걸 흐뭇한 표정으로 바라보고 계신다. 선배님은 안 드셔도 배가 부른 얼굴이다.

"아니? 애를 이렇게 버릇없이 키웠어요? 아버지 친구분들을 보면 공

꽃으로 맞아도 아프다

손히 인사하고 돌아서도록 가르쳐야지. 위아래도 없이 어른들보다 먼저 음식에 젓가락을 대고…. 애가 아무리 귀여워도 그러는 거 아닙니다."

그러나 이런 말을 차마 입 밖으로 내뱉지는 못했다.

이 녀석이 한참을 정신없게 하더니,

"아빠 집에서 기다릴게."

하면서 나간다.

선배님이 그러신다.

"남들은 나이 60이 지나 무슨 애를 봤냐고 주책이다 하지만, 나는 요즘 저놈 보는 맛에 산다. 우리는 애를 공경해야 혀. 애들이 우리 조상이여. 조상이 죽어서 윤회하여 애들로 태어나는 거여."

술자리 말미에 매운탕이 나오고, 우리는 저녁을 때우고 가자고 공깃밥을 하나씩 시켰다. 선배님은 저녁은 집에 가서 애하고 먹어야 한다고 술만 드셨다.

"효자 났다아!"

연로하신 부모가 집에 계시면, 가장은 저녁을 꼬박꼬박 집에 들어가 먹어야 된다. 그래야 부모님의 저녁상이 소홀해지지 않기 때문이다. 그런데 이제는, 어린 아들하고 저녁을 먹으려고 밖에서는 밥을 안 먹고 들어간다.

어쨌든 선배님은 깊게 파인 주름살 얼굴에 행복함이 내려앉아 있는 것이 곁눈질로 보아도 감추어지질 않는다.

"나도 애나 한 명 낳아 볼까나? 귀여운 공주님으로다가. 그래서 이쁘고 이쁘고 이쁘게 키워 본다? 맨날 맨날 집에두 일찍일찍 들어가구. 나중에 사위는 어떤 멋진 놈을 고를까?"

"미친놈! 네 나이가 몇이냐? 아니… 아를 낳아 줄 여인은 있고?"

당신들은 모른다. 나에게는 손녀딸 가빈이가 있다는 걸….

아들 키울 때에 아들이 손녀만큼 이뻤다면, 매일매일 일찍 들어와서 아들딸 서너 명은 넘게 생산했을 텐데….

나에게는 가빈이 애비 달랑 하나뿐이다. 가빈이가 나에게는 깨진 똥단지 손녀이고, 늦둥이 애지중지 딸이다.

요즘은 아내와 '우리 가빈이가 30살 되었을 때 우리는 몇 살일까? 살고는 있을까? 그때 우리가 몇 살일까?'를 수시로 틀리고 계산이 안 맞는다.

P.S. 늦둥이 손자 같은 아들을 보고 행복해하는 어느 선배님을 보고 요즘 내가 손녀 가빈이 땜에 행복하여서.

꽃으로 맞아도 아프다

빈손

 장에 간 할머니는, 할머니를 기다릴 손주들이 눈에 선하다. 무엇을 사다 줄까 생각하다 보니 정작 당신의 시장기는 잊은 지 오래이고 설령 배고픔을 느꼈다 해도 애써 무시한다.

 그런 할머니에게 번쩍 눈에 띄는 게 있다. 처음 보는 막대얼음과자. 아이스께끼다.

 할머니는 아이스께끼 2개를 사서 호박잎으로 고이 싸서 새로 장만한 요강 안에 넣어서 머리에 이고 집으로 돌아온다. 할머니의 손을 쳐다볼 손주들의 똘망똘망한 눈망울을 떠올리며 발걸음이 바빠진다.

 "할머니다!"

 손주들의 눈이 할머니의 손으로 향한다.

 "애기들아, 오늘은 할머니가 특별한 까까를 사 왔단다."

 할머니는, 손주들이 아이스께끼를 받아들고 팔짝팔짝댈 것을 생각하니 가슴이 벅차다.

요강 뚜껑을 열었다.

"이게 뭐야?"

요강 안에는 달랑 막대기 2개가 호박잎에 싸여 있을 뿐이었다.

어느 방송의 시니어 토크에서 한 할머니의 어릴 적 얘기였다.

어린 손주들의 실망도 실망이지만, 그 할머니의 기억에는 그 순간 허탈하고 참담해하는 당시의 할머니의 모습이 지금도 너무도 마음이 아프다는 거였다.

3차의 술자리를 마치고, 귀가하려고 탈것을 기다리는데…. 노식이가 제과점으로 들어가더니 이것저것을 사 가지고는 나에게 건넨다.

"뭐냐, 이건?"

내 말에 노식이가 그런다.

"가빈이(내 손녀)가 네가 집에 들어갔을 때에 할아버지 손을 쳐다보다가 빈손인 걸 보면, 어린것이 얼마나 서운하겠냐?"

'자식두…. 그건 그러네.'

하지만 내 말은 에둘러 엉뚱하게 튀어나왔다.

"야, 이런 쓸데없는 짓 하지 마라! 이런 거 신경 쓰지 말고 네 집에 많이 있다는 양주나 몇 병 들고 나와라."

집에 들어오니, 아직도 자지 않고 있던 가빈이가 튀어나온다.

"할아버지다! 할아버지 어디 갔다 와? 이게 모야? 와. 많다!"

꽃으로 맞아도 아프다

가빈이가 쉴 새 없이 조잘댄다. 어쨌든 '빈손'으로 왔으면 어쩔 뻔했나. 다행이다.

이 녀석은 나와 나이 차이가 몇 살인데 한 번도 존댓말을 쓰는 법이 없다, 고연지고! 제 아빠는 나에게 꼬박꼬박 존댓말인데….

가빈이와 나 사이에는 나이 같은 건 존재하지 않은지 오래다. 아니, 처음부터 그런 건 없었는지 모른다.

할아버지 키 재기

　손녀 가빈이가, 벽 아래 방바닥에 동화책을 놓더니 벽을 뒤로하고 동화책을 밟고 서서 제 키를 재어 달란다. 할머니와 예방주사를 맞으러 병원에 다녀오더니 병원에서 키를 재어 보았던 것 같다.

　들고 있던 핸드폰을 가빈이 머리에 올려서 벽에 대고 키를 잰 후에 핸드폰을 벽에서 떼지 않고 대강 키 크기를 말했다.

　"비켜 봐. 가빈아, 와! 엄청 크다!"

　이번에는 가빈이가 할아버지 키를 재어 준다고 벽에 서 보란다. 벽을 뒤로하고 가빈이가 섰던 자리에 할아버지가 섰다. 가빈이가 핸드폰을 달라더니 제 키가 작아서 할아버지 키를 잴 수가 없으니까 저를 안아서 올리란다.

　핸드폰을 할아버지 머리에 올려놓고 키를 재더니 핸드폰을 벽에서 떼지 않고,

꽃으로 맞아도 아프다

"할아버지 비켜 봐. (키 크기를) 알려 주께!"

가빈이를 안은 상태로 벽에서 비켜섰다. 당연히 가빈이도 벽에서 멀어졌고, 할아버지 키 높이를 잰 핸드폰도 벽에서 떨어져 멀어졌다.

가빈이가 다시 하란다. 명령대로 할밖에…. 다시 그대로 했다. 가빈이는 한 번도 할아버지 키 높이를 벽에 짚어 주지 못하고, 가빈이의 할아버지 키 재기는 번번이 실패하고 말았다.

가빈이가 약이 올랐다.

"짜증나! 할아버지 미워어!"

가빈이가 삐져서 홱 돌아서더니…. 할아버지 키 재기 놀이는 곧 잊어버리고 다른 놀이에 열중한다.

할아버지 키 재기는 33개월째 가빈이에게는 아직 너무 어렵다. 너무너무 쉬운 일도 누군가에게는, 너무너무 어려울 수도 있는 법이다.

다리 밑에서 주워 온 애

황희가 젊었을 때 길을 가다가 소 두 마리를 몰고 밭을 가는 노인을 만났다.

황희가 노인에게 어느 소가 밭을 잘 가느냐고 묻자, 노인이 밭에서 나와서 귓속말로 어느 소가 더 밭을 잘 간다고 말해 주었다.

황희가 밭에서 말해도 될 것을 왜 나와서 말하느냐고 물으니, 노인이 하는 말이

"소도 귀가 있으니 저 소가 잘못한다고 하면 그 소가 좋아하겠소."

"가빈이를 어린이집에서 조금 일찍 데리고 와서 오늘 독감 예방주사를 맞히자."

아침 밥상에서 내가 가빈이 할머니에게 한 말이다. 가빈이는 아직도 꿈나라 중이시다. 그런데, 갑자기 들리는 가빈이의 소프라노.

"싫어! 나, 병원 앙 가!"

어랍쇼? 가빈이가 주무시고 계시는 줄 알았는데….

"우리 가빈이 깼구나."

하는 내 말에,

"할아버지 미워!"

하면서 가빈이가 홱 돌아눕는다. 낮말은 새가 듣고 밤말은 쥐가 듣는 다더니 울 가빈이는 자면서도 듣는다.

우리 어렸을 때 너는 다리 밑에서 주워 온 애라는 말을 한두 번 안 들은 사람이 있을까?

나도 그 말을 들었고 어린 마음에 그 말이 진짜일까 늘 번뇌(?)했다. 아니, 믿고 싶지 않은 상처(?)였다. 우리 가빈이가 자고 있으나 깨어 있는걸 알고서 장난삼아서라도,

"가빈이는 다리 밑에서 주워 왔다."

고 하면…. 그 말을 들은 어린 가빈이에게는 얼마나 청천벽력 같은 소리로 들리고 그 어린 가슴이 얼마나 많은 시간을 고뇌할까. 그런 상상만으로도 내 맘이 저려 온다. 말로 찢긴 상처가 평생을 갈라.

소에게도 나쁜 말은 들리지 않게 귓속말을 해야 하는데…. 하물며 사람에게 하는 말이야 말해 무엇 하리요. 장난으로 던진 돌에 맞은 개구리는 죽는다.

가빈아!

너는 온 세상에 하나뿐인 무엇과도 바꿀 수 없는, 사랑만 먹고 사는 할아버지 할머니의 손녀이고 아빠 엄마의 딸이 확실하단다.

그녀와
나의 사랑 이야기

"할아버지 저리 가! 보지 마!"

응가를 한 가빈이를 할머니가 씻어 주고 있고, 쭈그리고 앉아 씻기고 있는 그 모습이 귀여워서 입을 헤 벌리고 쳐다보고 있는 나에게 앙칼지게(?) 톡 쏘는 가빈이의 말이다.

"할아버지는 보지 말라고?"

하는 내 말에 가빈이가 손을 저으며 바로 받는다.

"할머니는 가빈이 똥꼬 봐도 돼. 아빠도 봐도 되고…. 할아버지는 가빈이 똥꼬 보지 마!"

이런, 이런! 여기에 있지도 않은 제 아빠가 왜 여기서 나와? 한 치 건너 두 치라더니…. 할아버지는 무지 서운하다. 할아버지는 자나 깨나 앉으나 서나 집에 있으나 밖에 있으나 손녀 가빈이 해바라기뿐인데….

꽃으로 맞아도 아프다

가빈이가 침대에 엎드려서 뽀로로를 보면서 과자 '꼬깔콘'을 먹고 있다. 할아버지는 그저 말이라도 걸고 싶어서

"가빈아! 할아버지 하나만 줘라!"

하고 몇 번 말을 걸었지만, 가빈이는 발장구를 치면서 들은 척도 않는다. 밖에서 할아버지의 애타는(?) 말 걸기를 들은 할머니가 안타까워서 남편을 거들어 준다.

"가빈아, 할아버지 하나만 줘라아!"

그 말을 들은 가빈이가 바로 인심을 쓴다.

"자, 먹어!"

치사 빤스다. 할아버지에게 할 말이 겨우 '자, 먹어!'란 말이지? 내 참 더러워서…. 갑자기 눈물이 쏟아질 것(?) 같다. 내가 저를 얼마나 사랑하는데….

오냐! 좋다!

이제는 나도 말도 걸지 말아야지.

아니지?

내가 말을 안 걸어도 가빈이는 아쉬워하지도 않을 거야. 제가 걸고 싶으면 언제라도 걸면 되거든. 그리고 가빈이와 말도 안 하고 지내면 내가 더 손해일 것 같은데….

가빈이를 골탕 먹일 방법이 없을까?

그래, 집에 들어올 때 아무것도 안 사 가지고 들어와야지. 그러면 가빈이가 내 빈손을 보고 무척 실망할 거야.

아니, 그것도 안 되겠다. 그 실망하는 것을 보면 내 마음이 더 아플

테니 그것도 나만 손해이지, 뭐.

이제 35개월에 들어선, 나를 사랑한다던 그녀의 사랑이 식어 가는 게 분명하다. 나는 복수심만 불타올랐을 뿐. 복수의 구체적인 실행 방법은 도저히 생각나지 않는다. 그녀도 상처받지 않고 나도 상처받지 않는 드라마틱한 복수극은 없을까?

아서라! 그냥 지금만큼만 사랑해 달라고 매달려라. 그래도 그게 어디냐….

나의 그녀에 대한 사랑은 도저히 멈추어질 것 같지 않다.

꽃으로 맞아도 아프다

꼬리

"할아버지, 그거 꼬리야?"

샤워를 하고 있는데 가빈이가 노크를 하여서 거품을 뒤집어쓴 채로 문을 열어 주었더니…. 고개를 빼꼼히 내밀고는 할아버지의 볼품없는 물건을 초롱초롱한 눈으로 쳐다보며 신기한 듯 하는 말이다.

아차! 급히 몸을 돌렸지만 이미 할아버지는 꼬리 달린 사람이란 것을 들킨 후이다.

"할아버지 꼬리가 웃기게 생겼다."

똘망거리는 눈으로 웃지도 않고 하는 가빈이 말에 할아버지는 할 말이 궁색하기만 하다. 겨우 한다는 말이,

"문 들어온다. 바람 닫아라!"

가빈이가 문을 닫은 후 내 아래를 쳐다보니, 아닌 게 아니라 쭈글쭈글 축 늘어진 꼬리가 웃기게도 매달려 있다. 피식 웃음이 난다.

가빈이가 봐도 내가 봐도 못생긴 것이 웃기게도 생겼다. 짐승들도 센 놈 앞에서는 꼬리를 빳빳이 세우지 못하고 꼬리를 늘어뜨리던데, 이제 내 모양이 그리되었더냐.

그러지 마라. 당당하게 쑥 밀어라.

왕년에 박달나무 몽둥이 같던 그 꼬리가 바로 세상을 만들고 우주를 만들었던 근원이다. 샤워를 마치고서,

"그래, 내가 바로 우주의 근원이다!"

하고, 아래에 힘을 집중하여 모아 본다. 이런, 우주의 근원은 개뿔! 꼬리는, 요지부동. 움직일 기미조차 안 보인다. 꼬랑지 확 내려야겠다.

가빈아!

이제 우주는 니들이 만들고, 니들이 지키려무나.

박노오기야!

"박노오기야, 일어나!"

무슨 소리냐고요? 40개월 된 손녀 가빈이가 내 방문을 열고 고개를 빼꼼히 내밀고 늦잠을 자고 있는 나를 깨우는 소리입니다. 할머니가 아침상을 차려 놓고 가빈이에게 할아버지를 깨우라고 하였거든요.

할머니가 가빈이에게 할아버지 이름을 알려 주고 난 후로는, 가빈이가 평상시에는 할아버지라고 부르다가도 장난기가 발동하면 제 할아버지 이름을 강아지 이름 부르듯이 거침없이 부르고는 깔깔대곤 합니다.

할아버지 이름을 가르쳐 준 할머니도 무사(?)하지는 못 하지요. 할아버지 이름을 알 때 할머니 이름도 알게 된 가빈이가 할머니 이름인들 안 부르겠어요.

"옹년아아, 우유 달라니까아~"

할머니의 자승자박이지요.

가빈이에게서 이름이 불리고 난 후에 생각해 보니…. 누군가에게서 내 이름이 호명되어 본 지가 언제인지 오래된 것 같네요. 누구 아버지, 박 사장(사장도 아닌데도) 등으로 불리고 있더라고요.

여자분들은 이름이 실종된 분들이 더 많더라고요. 특히 결혼후에는….

옛날에는 태어나면서부터 이름, 자, 호 등으로 한 인간이 특정되어 불리었는데 요즘은 성 뒤에 사장, 회장 등으로 공통이름으로 불리는게 보편화된 것 같습니다.

그래도 그렇게라도 불리면 다행이고 이놈, 저놈, 이새끼, 저새끼, 씨벌놈아 등으로 불리기도 합니다. 친구들 간에는 친하다는 표현이 그리 되기도 하고요. 좀 씁쓸하지요.

아주 오래전 친구들에게 제안을 한 적이 있지요. 성 뒤에 공(公)을 붙혀서 호명을 하자고요. '박공', '최공' 이런 식으로 말이지요.

그렇게 부르니 점잖아진 것 같기도 하고 욕지거리를 해서는 안 될 것 같기도 하고 스스로 퀄리티가 높아진 듯한 기분이 들어 좋더군요. 그 후로 지금도 그렇게 부르는 친구들이 있어요.

카페에는 닉네임이 있어서 부모님이 지어 준 이름이 실종되는 불상사는 없습니다. 카페 닉네임은 자존감이 있는 이름이 좋아 보이더라고요. '저승사자', '염라대왕' 등은 좀 거부감이 들긴 합니다.

현실 사회에서 호를 지어 부르는 것도 괜찮을 것 같습니다. 참고로 제 호는 '원재(原齋)', '등애(燈崖)', '고샅'을 쓰고 있습니다.

어쩌다 아내와 통화를 하면서 가빈이를 바꾸어 달라고 하면, 수화기 너머에서 그녀가 깔깔대면서 그럽니다.

"박노오기야! 어디니?"

내 사랑 그녀만이 실종된 내 이름을 불러 줍니다.

봄날은 발아래를 보고 걷자

우리 가빈이가
할아버지 앞서서 폴짝폴짝 뛰어가더니
갑자기 쭈구리고 앉는다.

가까이 가서 뭘 하나 보았더니…
"개미야! 안 밟을게. 빨리 지나가." 한다.

봄날씨 한번 환장하게 좋다.

발밑 잘 보고 걸어야겠다.
돈이라도 떨어져 있는지….
가빈이처럼.

짧으면 시(詩)고

1) 비가 와서 나무는 좋겠다.

　　물을 실컷 먹어서….

2) 꽃아, 안녕!

3) 똥아, 잘 가!

　　네 집으로 가거라.

4) 먹을 만하네.

5) 씨언허다!

　위 내용은 42개월차 손녀 가빈이의 어록이시다.

　1), 2)는 부슬비가 내리는 날 우산을 쓰고 어린이집에 가면서 가다 서 다 해찰을 하면서 나무와 꽃에게 건네는 말씀이시고….

　3)은 변을 보신 가빈이를 화장실에서 할머니가 궁둥이를 씻겨 주니

똥편이 하수구로 흘러 들어가는 것을 보고 하시는 말씀이시며….

4)는 할머니가 미역국을 떠 먹이려 하자 한사코 안 먹는다는 걸 한입만 먹으라고 사정하니 억지로 한입 먹고는 인심 쓰듯 하신 말씀입니다. "먹을 만하네!"

5)는 목이 마르다고 해서 미지근한 물을 주었더니 차가운 물을 달라고 떼를 쓰기에 할 수 없이 차가운 물을 주었더니 그 물을 마시고 나서 빈 그릇을 주면서 목소리를 탁하게 변성하여 하신 말씀입니다. "씨언허다!"

요즘 애기들은 다 그런가, 아니면 내가 손녀 바보라서일까…. 애기들 입에서 나오는 말들이 짧으면 '시'고, 길면 '애늙은이' 말씀이신 것 같습니다.

고소해야겠다

집에 들어서면서 가빈이에게 문안 인사차 들렀다. 늘 하는 행사인데, 가빈이 할머니는 애한테 술 냄새 풍긴다고 여간 불만이 아니다.

침대 가장자리에 걸터앉는다. 침대에 앉아 있던 가빈이가 벌떡 일어서서

"할아버지!"

하며 내게 뛰어와 목을 끌어안는 순간.

"어… 어!"

그대로 '꽈당!' 침대 밑으로 떨어지고 말았다.

가빈이가 다칠까 봐서 찰나적으로 옆으로 떨어지지 않게 배를 위로 향하도록 몸을 비틀어서 가빈이를 배 위로 올려놓는다.

꽁지뼈가 충격을 제일 많이 받았는지 그 어마무시한 통증에 잠시 그 상태로 꼼짝을 못하겠다.

"괜찮아?"

가빈이 할머니는 걱정하는 척하며 물어보지만 흘끗 쳐다보니 아주 고소해하는 심통이 얼굴에 덕지덕지 묻어나며 위로 올라가는 입꼬리를 감추기 바쁘다.

내 방으로 기어 들어와서 누워서 통증을 참다 보니 은근히 부아가 난다. 이 잘못을 누구에게 떠넘기지?

좋다. 일단은 가빈이를 고소해야겠다. 우선은 '미필적 고의에 의한 폭력행사'로 형사고발을 하고 민사도 병행해야겠다.

첫째, 깜빡이도 켜지 않고 기습적으로 느닷없이 원고의 목을 끌어안고 밀쳤다.

둘째, 이제는 원고를 밀칠 만큼의 충분한 힘이 있어 그 힘에 밀리는 것이 가능하다.

셋째, 평소에는 원고인 할아버지를 본체만체하는 위장술을 써서 원고를 방심하게 함으로써 원고의 경계심이 느슨해지는 걸 노려서 밀쳤다는 개연성이 충분하니 고의성이 있다.

넷째, 무엇보다도 내일 진단서를 떼겠지만 전치 4주 이상은 확실할 테니 그 폭력행사의 증거물로는 충분하다.

가빈이도 방어변호를 할 텐데 그 변호 내용까지 예상해 놓지 않으면 거꾸로 내가 당할 수 있다.

첫째, 고의성이 전혀 없다고 할 것이다. 할아버지를 사랑해서 뛰어가

꽃으로 맞아도 아프다

서 안긴 것뿐이고 그로 인해 원고가 낙상할 줄은 예상하지 못했다.

둘째, 원고가 침대 가장자리에 앉았기 때문에 낙상한 것이므로 거기에 피고는 아무런 잘못이 없다. 피고가 원고를 거기에 앉으라고 한 사실이 없다.

셋째, 원고가 배 쪽으로 떨어졌으면 그 풍만한 배가 스펀지 역할을 해서 부상이 없을 텐데 꼬리뼈 쪽으로 떨어진 것은 오히려 자해에 가깝다.

넷째, 결론으로 고의성이 없으니 책임성이 조각되고 원고를 사랑해서 뛰어가서 안긴 것은 지극히 정상적인 정당행위로서 위법성에도 해당되지 않는다. 그러므로 피고는 죄가 없다.

정황상으로 아무래도 이 사건은 원고와 피고의 첨예한 대립이 예상되는데, 승소의 키가 증인에게 있을 수도 있다. 그 증인이 원고의 처이고 피고의 할머니이니 증인이 누구 편을 드느냐가 이 사건의 결과를 좌우할 수도 있겠다.

아무래도 증인이 늘 함께 있고 빨고 핥고 지내는 피고 편을 들 것 같다. 이런 일을 예상했다면 평소에 억지로라도 젖 먹던 힘을 다하여 발가락에 힘 좀 줘서 야간전투에 임할걸….

가빈이가 방에 들어와서 여우를 떤다.

"박노오기야! 파스 붙여 줄까?"

붙여 줄까 하는 말은 언제 배웠지? 내가 미친다. 저 '미인계'에 넘어가면… 도로 아미타불이다. 박노오기야, 정신줄 놓지 마라!

P.S. 시방 13시 27분 병원인데… 꼬리뼈 골절이라네요. 국소마취 후 비급여로 뭔 주사 맞았고…. 4주 정도 걸린다네요. 병원에서 언제 주사 맞았었던지… 좀 떨었네요.

꽃으로 맞아도 아프다

그냥저냥
참고 살기로 했다

　그냥저냥 참고 살기로 했다. 내가 이혼 청구를 하면 무조건 이기게 되어 있다. 유책자가 아내이니… 참기로 했다.

　이혼을 하면, 밥하고 빨래하고 청소하고 남편과 가빈이 보살피는 일밖에는 모르는 아내가 이순 넘은 이혼녀가 되어서 무얼 하며 살 것인가. 그래서 참아 준다.

　그래도 그렇지. 누구든 이런 경우면 한 번쯤은 이혼을 생각해 볼 게다.

　아, 글쎄!

　내가 어제 가빈이의 할아버지 사랑을 가장한 폭력으로 인해 낙상을 당한 후 병원에 가서 진료 결과 심각한 꼬리뼈 골절로 어마무시한 부분마취에 의사 직접 시술한 주사를 맞고 왔다 했더니… 아내 말씀이,

　"아, 다행이다."

해서

"뭐가? 생돈 없애고 4주 이상 치료받아야 접골이 된다는데….."

했더니.

"걱정하지 마. 원이(보험설계사)가 그러는데 보험에서 실비 보상도 되고 골절은 보험금도 나온다는데….."

아니, 이런!

남편이 다쳐서 목숨이 왔다 갔다 하지는 않더라도 평소 참을성이 강하고 게을러서 병원에 가기를 엄청 싫어하는 남편이 얼마나 아팠으면 병원에 갔겠으며 그 결과가 4주 이상 치료를 요한다 하면 최소한,

"얼마나 놀랐느냐? 그만해서 다행이다. 앞으로 완치될 때까지 내가 먹여 주고 씻겨 주고 핥아 주고 할 테니까 몸조심이나 해라."

이런 멘트라도 해야 되는 것 같은데…. 다짜고짜 '아, 다행이다.'라니…. 눈앞이 노래지며 하늘이 무너지는 것 같다.

을사조약이 체결되자 황성신문의 장지연이란 분이 「시일야방성대곡」이란 글을 올렸는데, 그분의 심정이 나의 지금 심정만 할까.

아내는 그 '다행이다'가 상태가 그만해서 다행이라고 한 것이라고 강변하지만 아내의 '다행이다'에는 전부의 맘은 아닐지라도 분명히 그 보험금이 존재코 있었다.

나는 어젯밤 배신감에 잠을 이룰 수 없었다. 남편의 건강보다 보험금이라니…. 그냥 못 들은 척 살아야 되느냐 이혼 소송을 강행해야 되느냐, 이것이 문제로다.

밤에 이혼해야겠다는 결정이, 아내가 해 주는 아침밥을 먹고 나니 '그

꽃으로 맞아도 아프다

냥저냥 살자'로 바뀐다.

조석지변이다. 그래 그냥 살아 주기로 했다. 분노를 삭이면서. 이왕 이렇게 된 거 누구를 시켜서 망치로 꼬리뼈를 쎄게 쳐서 부숴 달라고 할까나? 보험금 더 나오려나!

그런데 이혼을 생각하니 당장 쫄리는 게 나다. 집에서 쫓겨나면… 어디 가서? 밥은 누가? 빨래는? 당장 생활비는? 우리 가빈이 면접권은 주려나?

정말 이런 것 때문에 이혼을 포기한 건 아니다. 정말이다.

아! 머리 아프다. 결혼은 왜 해 가지고….

빠방이가 먹는 것들

"빠방이는 빗물을 마셔."
"무슨 소리야?"
"봐! 빠방이 빗물을 마시잖아."

할머니가 운전하는 차의 조수석에 앉아서 앞을 바라보고 있던 가빈이의 말이다. 빗줄기가 세차게 차의 앞 유리를 때리고 윈도우 브러시가 왔다 갔다 빠르게 빗물을 씻어 내지만 빗물이 여전히 앞 유리 밑으로 흘러내리는 걸 보고 하는 말이다.

"빠방이는 기름도 먹어."

가빈이가 할머니가 주유하는 걸 본 것 같다. 44개월 가빈이는 나보다 더 많이 안다.

가끔은 엉뚱한 소리도 한다.

"나도 서서 오줌 싸고 싶어."

꽃으로 맞아도 아프다